ダッシュエックス文庫

ポーション売りの少年

～彼のポーションは実はなんでも治す伝説のエリクサーでした～

空野　進

プロローグ

「今日はたくさん薬草が集まったね。これだけあればポーションをたくさん作れそう……」

僕はポーション用の薬草を採るために近くの山に来ていた。

普通のポーションは大体、一本銅貨八枚で売ることができる。これを五本売ることができれば一日の宿代の銀貨四枚になる。生活のためにそれを続けていたらいつの間にかポーション売りと呼ばれるようになっていた。

「本当は錬金術師なんだけどなぁ……。見習いだけど」

少し不満を口にしながらも薬草の採取をし続ける。

ポーションは主に魔物討伐を生業とする冒険者たちが購入していく。そのため、彼らが出発する朝と戻ってくる夕方が一番売れる。

「今からなら急げば夕方に間に合いそうかな……」

日の位置を確かめたあと、薬草を大量に入れたカゴを担ぐとそのまま山の斜面を駆け下りていく。

ただ、もともと足場が悪い山の斜面。しかもちょうど崖の横を走っていた。

そんなところを走っていたものだから、岩場で足を滑らせてしまう。

「う、うわぁぁぁぁ……」

そのまま崖の下へと落ちていってしまった。

死ぬ前にもっとすごいポーションを作って、みんなから褒められたかったなぁ……。

それでポーションだけで生活していけるようになりたかった——。

やがて襲いくるであろう痛みを覚悟して目をぎゅっと閉じる。

できれば痛くないのがいいなぁ。傷で済むならそれをポーションで治して……。

まぁ、助かるわけがないよね。

自分の考えに苦笑を浮かべる。

万が一生き延びたとしても僕が作れるのはただのポーション。それで落下の傷を治せるとは到底思えない。

しかし、そんな考えを否定するかのように耳元に女性の声が聞こえる。

(わかりました。その願いを聞き入れましょう)

「えっ!?」

突然聞こえてきた声に思わず声を漏らす。

しかし、それと同時に意識が途切れていった。

第1話　彼のポーションはエリクサーでした

「あれっ、僕、生きてるの？」

もうダメだと思い込んでいたのに気がつくと草のベッドで眠っていたようだった。

誰かが助けてくれたのだろうか？　なんだか女の人の声を聞いた気がするけど。

不思議に思いながら周りを見渡してみる。

「ここどこだろう？」

山の中にいたはずなのに今いるのは辺り一面、草が生い茂った野原。

しかも、見たことのない場所だった。いや、きっと僕が知らないだけであの山のすぐ近くの場所なんだろう。

その場に起き上がろうとすると足に痛みを感じる。

「……っ!?」

足を見ると赤く腫れ上がっていた。

流石に無傷で助かったわけないよね。これだけの傷で済んだのが驚きなくらいだよ。

幸いなことに手元にはポーションの素材が揃っている。

薬草、水、あとは癒やしの魔力。

薬草が持つ回復の能力を抽出して、癒やしの魔力とともに水に加えていく。という過程があるらしいが、実際にすることは水と薬草を並べて一言告げるだけだった。

ありふれた素材でできることとその簡単な手順から錬金術の中では一番簡単なものとして知られていた。それこそ子供でも作れるくらいに……。

担いでいた薬草を取りだし、カバンの中に入れていた水の入った瓶を取り出す。

「生成！」

いつものようにポーションを作る。慣れたものであっさりとポーションを作り出すことができた。

それを飲み干すと足の痛みが即座に消えていた。

せっかくだし、もうここでポーションを作っていこう。

今は誰もいないけど、作っている間に助けてくれた人が戻ってくるかもしれない。お礼を言えるかもしれないもんね。

――全部のポーションを作り終えたけど、結局助けてくれた人は戻ってこなかった。

仕方ないか……。助けてもらったお礼にポーションと……あとお礼の言葉を書いておこう。

紙とかは持っていないので地面に石で『助けてくれてありがとうございます』と書いたあと、町を目指して歩きはじめた。

しばらく歩いてみると町のような場所が見えてくる。ただ、やはり知っている町とは少し違うようだった。

一体どこに来てしまったのだろう？

いや、どこに来てたとしてもやることは同じだよね。まずは宿代を稼いで……そのあと現状を考えよう。

日も暮れてきている。あまり悩んでいるとポーションが売れなくなってしまう。

小走りで町へと向かっていく。すると同じように町へ向かっている顔色が悪い少女を見かける。

純白のワンピースと長く鮮やかな金色の髪、そしてどこか上品なその少女に目を奪われてしまう。その少女が歩くことすら辛そうにしていたので、見て見ぬ振りができなかった。

「大丈夫ですか？」

少女のもとへと駆け寄ると思わず声をかけてしまう。すると、突然声をかけられたことに少女は驚くが、そのあとすぐに小さく微笑んでいた。

ただ、その表情は痛々しいものでとても見ていられなかった。

「は、はい……、だ、大丈夫です」

口ではそう答えたもののかなり無理をしていることは一目瞭然(いちもくりょうぜん)であった。

さすがにそんな状態の少女を放っておくことができなかった。カバンの中からポーションを取り出して、それを少女に渡す。

「これ、ただのポーションだけど気休めにどうぞ」

「そ、そんな……、受け取れません、そんな高価なものを……」

「いえ、そんなに高いものではないので」

お金のことを気にしているのかと思ったが、どうやら違うようで少女は首を横に振る。

もしかするとタダでものをもらうことに負い目を感じているのかも。

話しているうちに少女の顔色は更(さら)に悪くなっていく。さすがにこのまま放っておくことなんてできない。

どうしたら受け取ってもらえるか必死に考え、それでもなにも思いつかなかったのでポーションを少女に押しつけ、そのまま町の方へと走っていった。

あの少女なら何を言おうが断ってくるだろう。それなら無理やり押しつけた方がまだマシだ。

ただ、ポーション自体は小さな傷を治したり、軽い病気を治したりする効果しかない。

もし彼女が大きな病気とかだったら……いや、そもそも大きな病気なら外に出てこないよね？　それならあのポーションでなんとかなるはず。

少し良いことをしたと嬉しく思いながら町の中へと入った。

町の中へと入るがやはり知らない場所だった。

建物の作りとかは似たような感じなので暮らすのには困らないだろうけど。

取りあえずまずはポーションを売らないとね。

既に空はオレンジ色。この時間だともう大通りでの販売は期待できない。

でも冒険者ギルドならちょうど依頼の報告をして酒をあおっている時間だろう。

この町の冒険者ギルドは……あった！

木の看板に描かれた剣と盾の模様。そして、建物の前を女性が掃除していた。

端正な黒のワンピースに白いエプロンと鮮やかな茶色の髪がよく似合う少女だった。

一応知らない町ということもあり、少女に確認だけ取ってみることにする。

「すみません、少しいいですか？」

「なんですか？　あっ、ナンパはお断りですよ」

振り向きざまに少女は笑いながら言ってくる。そういったことに対するあしらいは得意なんだろうな。

「あれっ、君がナンパ？」

「いえ、僕はポーションを売りに来たんですよ。ここって冒険者ギルドですよね？」

「うん、そうだよ。でも、ポーションか……。あまり売れないかもしれないけど大丈夫？」

少女が心配してくれる。

「大丈夫です。これでもポーションを売って生活してるんですから」

自信たっぷりに告げる。

「それなら中に案内するね。私についてきて」

少女に案内されて冒険者ギルドの中へと入っていく。

どこの町も冒険者ギルドは同じようだった。扉を開いて正面には受付のカウンター。右の壁には依頼の紙が貼（は）られた掲示板。左は沢山（たくさん）の机が置かれ、そこで冒険者たちが宴会をしていた。

「本当にここで販売するの？」

「もちろんですよ。案内してくれてありがとうございます」

少女に対して深々と頭を下げる。すると少女は何か悩んでいる様子だった。

「せっかくだから私も一本もらってもいいかな。銅貨八枚だよね？」

「ええ、そうですよ。ありがとうございます」

少女に笑みを見せると彼女がお金を払ってくれる。それを確認してポーションを渡すときに少女が手を差しだしてくる。

「私はリエット。これからもよろしくね」

「よろしくお願いします。僕はシィルといいます」

その手を握り返して答える。

そして、ギルド内でポーションを売り始める。しばらくすると屈強そうな体つきの人たちから声をかけられるようになる。

「嬢ちゃんが作ったポーションなら喜んで買わせてもらうぜ！」

「おっ、嬢ちゃんみたいな可愛い子がギルドで売り子をしてるなんて珍しいな」

「おーい、嬢ちゃん、コッチも一つくれよー！」

「あ、あははっ……」

なぜか少女扱いされていることに苦笑しながらも、ポーションが売れるならと僕は走り回った。その結果、一日の宿代以上の収入を得ることができたのだった。

閑話　病気の少女

病気の少女はもらったポーションを握りしめながらシィルが去って行った方角を眺めていた。

不思議な輝きをもった綺麗なポーション……。

おそらく傷ならばどんなものでも治すという最上級のエクスポーションと呼ばれるものだよね？

でも私は何か傷を受けたわけじゃなくて、それもどんな治癒術士も治せないと言われた難病だからこんな高いポーションをもらっても……。

病気に対してはエクスポーションよりも治癒術士の魔法の方が効果がある。その治癒術士がお手上げだったのだからこのポーションでも治らないだろうことは予測がついた。

でも、貰ったものをそのままにしておくのも悪いよね。

少し迷った少女は大きく頷くとポーションの蓋を開けてそれを飲み干す。

その瞬間に体を柔らかく暖かい光が覆う。

「えっ、な、なにこれ……」

先ほどまで感じていた痛みはまるでなくなり、むしろ病気にかかる前よりも元気になった気すらした。

寝たきりになる前にわがままを言って散歩をさせてもらった。それがまさかこんなことになるなんて少女は信じられなかった。

今の自分の体と空になったポーション。あとはシィルが去って行った先を見ていた。

「あの方は一体……？」

難病と呼ばれるものを治せるのはエクスポーションよりも更に上……、伝説とまで言われる万能薬、エリクサーとしか考えられない。

手に入れようにも金貨数千枚で買えるかどうか……。

そんなものをポンッと渡してくれた子……。命の恩人である彼のことを考えると少女は自分の頬が熱くなるのを感じていた。

「またお会いできないかな……。是非ともお礼をしないと……」

第2話　貴族の館

翌日、朝から大通りでポーションの販売をしていた。

「ポーションはいりませんかー?」

大きな声をあげ、なるべく周りの人に見てもらえるようにする。

普通に道具屋とかでも売られているポーションを買ってもらえるようにするには少しでも目立つことをして売るしかない。

声をあげながら進んでいくと、冒険者ギルドの前でリエットに声をかけられる。

「シィルくん、精が出るね」

ほうきを持っているところを見ると彼女はギルドの前を掃除していたようだ。

「ええ、これが生活の糧(かて)ですからね。たくさん売らないと……。と言っても数に限りはあるんですけどね」

ポーションを握りしめながら苦笑を浮かべる。するとリエットがエプロンについているポケットを漁(あさ)り始める。

そして、お金を渡してくる。

「今日も買ってもいいかな？　あのポーション、飲んでみたら体が軽くなった気がするの」

「ええ、僕は良いのですけど、そんな効果ないですよ？」

売っているのは特殊な効果のない普通のポーションだった。

でも、リエットは不思議そうに首を捻っていた。

「……だよね。私に合った薬だったのかな？」

首を傾げるリエット。

まぁ、僕にとってはお得意様になってもらえるだけありがたい。

リエットにポーションを渡し、微笑みかける。

「気に入ってもらえたのなら嬉しいですよ。それでは僕はそろそろ行きますね」

「はーい、頑張ってねー」

リエットに手を振って見送られることにどこか心地よさを感じながら再び声をあげてポーションを売りを再開する。

昼頃までになんとか宿代を稼ぎ終えると町の外へ向かう。

まだポーションの在庫はあるけど、薬草がどこに生えているのかは調べておかないとね。

町の出入り口が見えてきたところで突然後ろから声をかけられる。

「はぁ……、はぁ……、やっと見つけました……」

少し息を荒らげながら昨日ポーションを渡した少女がやってくる。

どうしてかはわからないが、僕を捜していたようだ。

「何かありましたか？」

「その……。昨日はありがとうございました」

深々と頭を下げられてしまう。

「そんな、特別なことなんてしてないですよ」

「いえ……、あんな高価な薬を頂いてしまって……、ぜひお礼を言いたくて捜していたのです。おかげさまで私の病気も完治しました」

よかった……、ポーションで治るくらいの病気だったんだ……。

彼女の様子を見て少しホッとする。

そして、少女が顔を上げる。どこか頬を硬直させながらはにかむその姿に思わずどきっとしてしまった。

「それでですね、ぜひうちにご招待したいなと思ったんですよ。よろしければ一緒に来ていただけませんか？」

「えっと、今から……？」

「はいっ」

ちょうどお昼だもんね。ご飯でもご馳走してくれるのだろうか。

それが終わってから薬草探しに行けばいいよね。まだポーションはあるわけだし。

「わかりました。よろしくお願いします」

「ではこちらです。ついてきてください」

少女は手を握ると嬉しそうに引っ張ってくる。


どこに向かっているかはわからないが、少女に連れられて大通りを進んでいくと、冒険者ギルドの前でリエットを見かける。

今は忙しい時間なのか、何度もギルドに入ったり出たりを繰り返していた。

でも、僕を見た瞬間に声をかけてくる。

「シィルくーん、薬の売り上げはどうだったー？　……えっ⁉」

手を握っている少女の顔を見て固まるリエット。

慌てて僕と少女の間に割り込んで小声で話しかける。

「ど、どうしてシィルくんがエリー様と一緒にいるの⁉」

「エリー様？」

もしかして、この少女とリエットは知り合い？

でもただの知り合いに様づけはおかしいよね。

僕が首を傾げると、リエットはため息混じりに顔に手を当てた。

「もう……、さすがにこの町に住んでる貴族様の名前くらいは覚えようよ……。って、そっか……、シィルくんは昨日この町に来たところだもんね。それじゃあわからなくても仕方ないか……」

貴族様？　一体誰が……ってすぐ隣にいるこの少女のことか。

確かにどことなく品のようなものを感じたし、貴族様というなら頷けるね。

「それでどこかに向かってるみたいだけど、何かしたの？」

ジト目で見てくるリエット。

「な、何もしてないよ。ただポーションを渡しただけだよ……」

「ええ、おかげさまで私の病気が治ったのですよ。もう感謝してもしきれなくて……」

エリーと呼ばれた少女が頬に手を当てて照れていた。それを見てリエットは何かを理解する。

「……なるほどね。うん、わかったわ。でもそっか……、シィルくんが貴族様になってしまったら直接ポーションは買えなくなってしまうね。私に合ったいいものだと思ったんだけど」

僕に理解できないようなことを呟いている。

「ねぇ、それってどういうこと――？」

「そんなことより貴族様を待たせたらだめだよ」

リエットに背中を押される。それを見たエリーはにっこりと微笑んで一礼をしていた。

ただ、僕一人だけ訳がわからずにキョロキョロと周りを見ることしかできなかった。

連れてこられたのはやたらと大きな館だった。

入り口の門から建物までかなりの距離があり、建物が小さく見えるほどだった。

建物まで向かう道には様々な色の花が咲いており、中央には噴水がある。

どう考えても普通に過ごしていたら一生縁がないほどの大きな館だった。

思わず口をぽっかりと開けて呆然と眺めているとエリーがクスクスと笑みをこぼす。

「中に入りましょうか」

エリーに言われ中へ入っていく。

外観だけで驚いていたのだが、中に入ると再び固まってしまう。

真っ赤な絨毯の敷かれた廊下。その両脇には執事やメイドといった人たちが立ち並び、一様に頭を下げていた。

それに動じることなく、エリーはまっすぐに進んでいく。

「こっちですよ」

エリーに急かされて慌ててその後に続いていく。

案内されたのは大きな食堂だった。

長いテーブル……先がよく見えない。先ほどいた執事の一人が椅子を引いてくれているがそれでも座ることをためらってしまう。

　本当にここに座って良いのだろうか？

　心配になり、きょろきょろと周りを見ていると奥から男の人の声が聞こえてくる。

「座ってくれたまえ」

　低く、厳粛な感じを与える声。思わず背筋がピンとなり、言われるがままにその場に座る。

「少し待っていてくれ。今食事を作らせているからな。それにしてもエリーも客人を連れてくるならもう少し早くに言ってくれ」

「だって、あのお方に会えるなんて思わなかったんですよ」

「そうだな。私も全力で捜していたのだが、情報が少なすぎて見つけることができなかったからな」

　二人して笑い合っている中、一人取り残される。

「も、申し訳ありません。今日は他でもない、私の命を救ってくださったお礼をしたくてお呼びしたのですよ」

　やはりポーションのお礼がしたかったみたいだ。でも、銅貨八枚のポーション……。そのお礼にここまでのことをしてもらっても良いのだろうか？

「僕はたいしたことをしていませんよ」

「いえ、そんなことありませんよ。私はすごく感謝しているのです」

エリーは自分の胸に手を当てて感謝を示していた。

「私からもお礼を言わせてもらいたい。本当に娘を助けてくれてありがとう。君がいなかったら今頃どうなっていたか……。おっと、自己紹介もまだだったな。私はこの家の主、ミグドランド・ユーグリッドだ。でこっちは娘のエリーだ」

「エリー・ユーグリッドです」

エリーは軽くスカートを掴んで挨拶をしてくる。それにつられるように立ち上がる。

「僕はシィル・ロークです。一応見習い錬金術師でポーション売りをしています」

そう言って軽く頭を下げると、ミグドランドは驚いた表情を見せる。

「君が……見習い？　いやいや、そんなことないだろう」

大声をあげて笑い出すミグドランドに思わず苦笑してしまう。

「シィル様は私の病気を治してくれたお方なのですから、見習いのはずがないですわ。そんなにご謙遜なさらなくても良いのですよ」

二人して妙に持ち上げてくれる。

ただ、そのタイミングで料理が運ばれてくる。おかげでむず痒い褒め言葉から逃れることができて、ホッとした。


しばらく今までに食べたこともないような高級な料理に舌鼓を打っているとミグドランドが

側の執事に何か話しかけていた。

そして、執事が出て行ったかと思うとすぐに何か袋を持って戻ってくる。

「これは娘を救ってくれたシィル殿へのお礼だ。受け取ってくれないか？」

ミグドランドが差し出してきた袋を受け取る。やけに軽い袋の中から出てきたのは白く輝く白金貨であった。

銅貨の十倍が銀貨。銀貨の十倍が金貨。

一般に流通しているのはこの三種類だ。

そして、額が一段と大きくなるときに使われる、金貨の百倍の貨幣がこの白金貨である。

は、初めて見た……。一体これ一つで自分の何年分の稼ぎになるのだろう……。

一瞬そのままもらいそうになったが、さすがに値段と物が釣り合わないのでこれを受け取るわけにはいかなかった。

「いえ、あのポーションは銅貨八枚のものなので、これほどのお金は受け取れませんよ」

そう伝えるとミグドランドは大きな声で笑い出す。

「なるほどな。あれほどの薬をタダで渡そうとしていたシィル殿が口にしそうな言葉だ。でも、私も大事にしている娘を助けてもらったんだ。いくら礼をしてもし足りないくらいだが、せめてこのくらいはさせてもらえないだろうか？　それとも娘もつけさせてもらおうか？　君ならば大切にしてくれるだろうし」

僕が受け取らないばかりにエリーも差しだそうとしてくる。エリーは驚いたようにミグドランドと僕の顔を見比べていた。

それで慌てて返事をする。

「わかりました、お金を受け取らせていただきます」

「あぁ、わかった。それで娘の方だが……」

「いえ、こんなほとんど会ったことのない者よりもっといい人がいると思いますので……」

エリーのことを考えてその申し出だけは断っておく。すると彼女はどこか残念そうな表情を浮かべているように見えた。

まぁ気のせいだろうね。エリーさんとは二回しか会ったことないわけだし。

うんうんと頷いて残りの食事をとったあと、宿へと戻っていった。

第3話　怪しげな教会

突然、思わぬ大金が手に入ったことで困惑していた。

これを使えばかなり生活が楽になるのは目に見えてるが、たまたまポーションを渡した相手が貴族様だったからもらえただけのものだ。

おいそれと使えるものでもないだろう。

それに……僕が行くようなお店だと使うことすらできないもんね。

ほとんど流通していない高級硬貨である白金貨……。使えるのはそれこそ貴族様御用達と言われるお店くらいだろう。

全く使えない硬貨か……。まぁ、持ってたら何か使い道があるよね。

カバンの中に白金貨をしまい込むといつものようにポーションを売りに行く。

まずは冒険者ギルドの方へと向かう。

やはりまずポーションを買ってくれるのは冒険者の人だもんね。

ギルド前ではリエットが掃除をしていた。

「おはようございます、リエットさん」

「シィルくん、おはよう。今日もポーションを売りに来たの？」

「ええ、今日もギルドの中で販売させてもらってもいいですか？」

「うん、ただ騒ぎだけは起こさないでね」

一応リエットが注意をしてくる。まぁ、そんなことをするとは思っておらず、規則だから言ったただけだろう。

「大丈夫ですよ」

安心させるようにそう答えるとギルドの中へと入る。

この時間は掲示板の前がすごく混み合っていた。

「おいっ、それは俺が取ろうとした依頼だぞ！」

「早い者勝ちだ！」

「お、押すな、苦しい……」

ガタイのいい男たちが仕事の受注に殺到してるそこへ割り込むことはできなかった。でも、受けたあとの人になら声をかけられる。受けた依頼にも注目しながら話しかける。

「ポーションはどうですか？」

「そうだな、今日は魔物討伐の依頼だもんな。よし、一本もらおうか」

「はいっ、銅貨八枚です」

男の人にポーションを渡し、銅貨を受け取る。

それを繰り返すとあっという間に宿代くらいは確保できる。

それにしても今日はいつもより早く売れたね。

依頼を受けに来てる人も多かったし、何かあったのかな？

人がいなくなったあとに掲示板を見てみる。

すでにほとんど依頼が残っていないが、いくつかは残されていた。

『廃墟(はいきょ)寸前の教会の調査』

『周辺の魔物討伐』

『町中(まちなか)のゴミ拾い』

『薬草採取(さいしゅ)』

残っていたのはどれも依頼料が安いものばかり……。ただ気になるものもある。

「教会が……廃墟？」

あまり行ったことがないけど、どちらかといえばたくさんの人が神にお祈りしに行ってる印象なんだけどな……。

だからこそ廃墟になっているというのが不思議に思えた。

「シィルくん、なにか気になる依頼でもあった？」

僕が掲示板を見ているのが珍しいようで、リエットが話しかけてくる。

「うん、この教会のやつだけど……」

「そっか……、シィルくんでもいいんだ……。むしろシィルくんに頼む方が解決しそうだね」

何か思いついたようにリエットがウンウンと頷いていた。

それを見てるとなんだか嫌な予感がする。

「シィルくん、この教会の依頼、受けてくれない!?」

「えっ!?」

思わず聞き返してしまう。

するとリエットがさらに詳細な情報を教えてくれる。

どうやらこの教会は元々は立派な建物だったらしい。でも、とある事件があってから幽霊騒ぎが起こるようになってしまった。だから教会の神父さんがなんとか元の教会に戻すために教会内を調べてくれる人を募集しているらしい。

「でも魔物なんて僕は相手にできないよ？」

「大丈夫、今回は調べるだけでいいから……。それに教会の周りには沢山の薬草が生えてるみたいなの」

薬草か……。確かにそれは魅力的な話かも。

「神父さんがその薬草は依頼を受けてくれた人なら自由に採取していいって言ってたよ。だからシィルくんなら嬉しいんじゃないかなと思って」

「……わかりました。どこまでできるかわからないけど頑張ってみますね」

全ては薬草のために……。

「そういえば僕は冒険者じゃないけど依頼を受けても大丈夫なのですか？」

「本当なら冒険者になってほしいんだけどね。でもシィルくんはポーションを売るお仕事もあるでしょ？　だから無理にとは言わないよ」

そういうことならできることをしてみよう。

古びた教会の前までやってきた。やはり問題になっている教会だけあってその雰囲気はどことなく怪しいものがある。

ただ、建物自体は比較的新しいものだった。でも、あまり使用されていないようで、建物には草が絡みついており、その周りに様々な薬草が手入れもされずに生えていた。

早速薬草を採取したいところだけど、まずは依頼のほうを進めよう。

ゆっくりと教会の中へ入る。重い入り口のドアを開けると中は薄暗く、埃にまみれていた。

でも、特別変わったところはないようだ。

「うーん、教会には来たものの何を調べたらいいのかな？」

こういった経験は初めてだからどこから手をつけていいのかわからなかった。

「とりあえず教会の雰囲気が悪いのは掃除されてないからだよね？　まずはこの部屋を綺麗にしようかな」

まずは部屋の窓を開けると側の収納庫に入れられていた掃除道具を取り出して、埃を除去していく。

そして、ピカピカとまではいかないが、それなりに片付いたときに奥の部屋から物音が聞こえた。

「いたたたっ……、な、何があったの？」

どこかで何かに足でもぶつけたのか、痛がっているようだった。

人が住んでたの？　それならその人に聞けばこの教会で起こったことがわかるかもしれないね。うん、それで依頼達成だ。

声がした部屋へと向かっていく。

人が中にいるみたいなので軽くノックをする。

「だ、誰っ⁉」

中から警戒するような声が聞こえてくる。

「えっと、僕は冒険者ギルドから依頼を受けた……ポーション売りです」

「そう……。中に入っていいよ」

一瞬考えた様子だったが、中に入る許可をもらった。

そのまま中に入るが、そこには誰の姿もなかった。

どこかに隠れてしまった？

でも、どうして……。それにどこに行ったんだろう。

部屋の中にあるのはテーブルと椅子くらいでとても隠れられるような場所はない。それに向こうから入っていいと言ったのだし、隠れる理由がないように思える。

一応声をあげて先ほどの声の主を探してみることにした。

「すみませーん、どこにいますかー？」

「ここだ、お前の目の前にいるよ」

よく目を凝らしてみるとそこにはとても小さな体をしていて、薄い羽の生えた少女がふわふわと浮かんでいた。

「えっ、精霊？」

「あぁ、そうだよ。神聖な教会だからね。精霊の一人くらいいてもおかしくないよね？」

精霊の少女は胸を張って偉そうにしていた。

でも、この教会に精霊がいるとなると話が早いかもしれない。

「それじゃあどうしてこの教会がこんな……人気がなくなったのかはわかりますか？」

「ははは っ、ここは教会だよ。いつも祈りや懺悔する人たちで集まっているに……って、なんで誰もいないの!?」

精霊は慌てた様子で目の前にやってくる。

「それを調べに来たんですよ」

どうやらこの子は何も知らないようだった。

「よし、ちょっと待ってて。今調べる……」

精霊は目を閉じて周りの様子を探っていた。

「君はすごい加護を持ってるね……って、今は違うね。えっと……、なんだか、懺悔の部屋であまり良くない気配がするね。魔物がいるのかも」

ま、魔物!?　それじゃあ何もすることができないよね。

とりあえずそのことを冒険者ギルドに……。

慌ててこの教会をあとにしようとする。しかし、精霊が僕の前に立ちふさがる。

「助けて……。この教会を……」

目に涙を潤ませて頼まれる。流石にそこまでされるとどうにかしてあげたくなる。でも、僕が持ってるものはポーションだけ……。

そうか……、もしかして!?

「ちょっといい、ここの魔物ってもしかして……」

「うん、後悔の念に吸い寄せられてアンデッドの魔物が集まってる……」

アンデッド相手ならどうにかできるかもしれない。闇の生命力で活動しているアンデッドは聖なる……回復能力に弱い。つまりポーションでもダメージを与えられるはず。ちょっと怖いけど……。でも、ここは頑張らないといけないときだよね。

「わかりました。どこまでできるかわからないけど、僕が力を貸しますよ」

「ありがとう。アンデッドがいる場所までは私が案内するよ」

嬉しそうに僕の周りを飛び回る精霊。でも、何かを思い出したように言ってくる。

「そういえばまだ名前を聞いてなかったね。私はこの教会に住んでいる精霊のアメリー。よろしくね」

「僕はポーションを売ってる見習い錬金術師のシィルです」

「見習い？」

アメリーは首を傾げていた。どうしてそこで不思議そうにするのだろうか？

「本当に見習いなの？」

「そうですよ。だって、僕はまだポーションしか作れませんから……」

そろそろポーション売りも軌道に乗ってきたから別の薬も試していきたいところだけど、肝心の作り方がわからない。しばらくはポーションを作るしかないね。

アメリーに案内されて、奥にある懺悔室へとやってきた。ただ、そこに入った途端に鼻を突き刺すような強烈な臭いが襲ってくる。

「うっ……」

鼻を押さえながら奥の方を見ると、そこには腐ったネズミのようなアンデッドがいた。

「あの魔物が変な気配の正体よ」

アメリーが声をあげる。その瞬間、ネズミたちが僕たちへ向かって飛びつこうとしてくる。

かなり大量のネズミ……。慌てて周囲にポーションを振りかける。流石にこれだけの数は相手にできないので、怯んだ隙に距離を取ろうとした。

が、それを浴びたネズミたちはシュゥゥゥ……と溶けていってしまう。

ただのポーションなのに想像以上に効果があるようだ。

「これならなんとかなるかもしれない」

更にポーションを撒いていくと次第にネズミの数が減っていく。

ただネズミの方もただでは転ばずにポーションをかいくぐってアメリーに襲いかかる。

「きゃっ……」

悲鳴をあげて、アメリーが襲われている。

慌ててそちらに向けてポーションをかける。

「あ、ありがとう……」

息を荒げながらもお礼を言ってくる。

「それよりも、相手の数が多すぎるよ……。このままだと僕たちも……」

いや、ちまちまと一本ずつ投げるからダメなんだよね。

両手に持てるだけのポーションを持つとそれを一気にネズミに向けて放り投げる。

一度に大量に撒かれるポーション。

それに触れた瞬間にネズミたちは消滅していく。

「よし、やっぱり量が多ければそれだけ一度に倒せるね。あとはこれを繰り返せば……」


ようやくネズミを全て倒し終えた時には息がすっかり上がってしまっていた。

「はぁ……、はぁ……、なんとか倒すことができた……」

その場で腰を下ろすと、浮かんでいるアメリーが目を輝かせながら近づいてくる。

「シィル、すごかったよ……」

「そんなことないよ……、たまたま運が良かっただけだよ……」

「でもシィルのおかげで嫌な気配もなくなったよ。ありがとう……」

何度もお礼を言われると嬉しくなってくる。

「あっ、でも、この教会が元に戻ったってことはアメリーはこれからもこの教会に住むの？」

「私はここに住む精霊だからね。会いたくなったらいつでもここに来てね」

それを聞いて僕はホッと胸をなで下ろした。

「うん、また時間があれば遊びに来るよ。でもどうしてアンデッドがここまで発生したんだろうね。この建物って結構新しいものだよね？」

「そんなことないよ。元々は結構昔からあるの。今回はそれを新しく改装しただけで……。もしかするとそのことを怒ってアンデッドたちが活性化したのかもね」

なるほど……。道理で建物の外観だけは新しく見えたわけだ。

アメリーに見送られながら建物の外に出る。

すると教会に漂っていた怪しい雰囲気はすっかりなくなっていた。

よし、これでもう安心だろう……。

最後に周りに生えている薬草を持てるだけ採取すると、依頼達成の報告をするために冒険者ギルドの方へと向かっていった。

そんな僕を大きく手を振りながらアメリーは見送ってくれる。

第4話 見習い錬金術師の平穏な日常

教会の依頼を達成した僕はリエットに冒険者になるよう勧誘を受けることになってしまった。

「えっ、あの教会にはアンデッドの魔物が沢山いただって!?　そ、それなら早く冒険者の手配を……」

「いえ、その……、もう僕が倒したんですよ……」

その言葉を聞いてリエットは驚きを禁じ得ない様子だった。

「うそ……。だって、シィルくんは碌に武器も持っていないよね？　どうやって倒したの？」

「ポーションをかけたんですよ」

「あっ、そっか……。アンデッド相手ならそれで倒せるんだね……。ねぇ、シィルくん。君も冒険者にならない？　アンデッド専門の冒険者……、やっぱり何かに特化してる人は欲しいよ」

リエットの提案に対して、僕は首を横に振っていた。

「もうあんな大変なことはしたくないですよ……」

たまたまポーションで効いてくれる相手だったからよかったものの、そうでなければ今頃命はなかったかもしれない。そう考えると冷や汗が流れてくる。

「うん、無理にとは言わないよ。ただ、考えておいてくれると嬉しいな」

一度断っても諦めようとはしてくれない。

まぁ、そんなところがリエットらしくもあった。

「とにかく僕はたくさんの薬草が手に入ったので、しばらくはいいですよ」

「うーん、残念」

断られることはわかっていたのか、残念そうにしながらもすぐに笑みを見せてくれる。

「それじゃあこれが今回の報酬ね。銀貨十枚……、魔物が出てきたのだったら少し依頼料金が安いくらいね」

これで安いんだ……。それだけで宿代数日分の稼ぎになってるんだけど……。

驚きを隠せずにいると冒険者ギルドの扉が開いた。

「ここにいらっしゃったのですね、シィル様」

僕の姿を見かけるとエリーは頰を染めながら笑みを浮かべて側に寄ってくる。

「え、エリー様、な、何かご依頼ですか？」

リエットはガチガチに硬くなりながら話しかける。

「いえ、体の調子が良くなりましたので、散歩してたんですよ。それにエリー様なんて他人行儀な呼び方はよしてください。エリーでいいですよ」

　どうやらたまたまここに来たようだった。それにしては捜してた……みたいなことを言ってた気もするけど。

「それでシィル様はこれからどうされるのですか？　もしよろしければ私と一緒に……」

「うーん、これからポーションを作って売りに……痛っ」

　横からリエットが小突いてくる。

「どうかしたの？」

「なんでもないよ」

　プイッと横を向いてしまうリエット。何か怒らせるようなことをしたかな。

　ただ、エリーは目を輝かせていた。

「これからポーションの販売をされるのですね。もしよろしければ私もご一緒させてもらってもよろしいですか？」

「別にいいですけど、何も面白いことはないですよ」

　本当にただ販売するだけだし……。でもエリーはそれでいいようで大きく頷いていた。

　いつもならその辺に座り込んでポーションを作るのだが、今日はエリーもいるので中央に置かれたベンチに腰かける。

「ここでポーションを作るね」

「はいっ」

目を輝かせながら僕の手元をジッと眺めるエリー。

そんなにじっくりと見るほど面白いものじゃないんだけどね……。

薬草と水を取り出すとそれを膝に置き、手をかざして呪文を唱える。

「生成！」

次の瞬間に僕の手には完成したポーションが載っていた。

「……本当に普通のポーションなのですね」

エリーは驚きを隠せない様子だった。

「そうだよ。僕はこれしか作れないからね」

「そんなことは……いえ、それよりもポーションって私にも作れますか？」

何か言おうとしていたエリーだが、急に話を変え、作ったポーションを指差して聞いてくる。

「試してみますか？」

薬草と水の入った瓶を手渡す。

それを膝の上に載せるエリー。

「えっと……、ここから……確かこうですね。生成！」

エリーが呪文を唱えると彼女の足に置かれた薬草と水が光り輝き、瞬く間にポーションへと姿を変えた。

まさか一発で成功させるなんて……。今度は僕が驚かされる番だった。

でも、エリーはどこか不満げだった。

「なんだかシィル様のポーションに比べると色が濁って見えますね」

エリーに言われて二つのポーションを並べてみる。確かに僕のポーションは煌めいているように見える。でも、どちらもポーションには違いないはず。

「むぅ……、もう一度作ってもいいですか？」

エリーが膨れっ面をして聞いてくる。そんな彼女の態度に苦笑しながら頷く。そして結局、手渡した素材がなくなるまでエリーはポーションを作り続けたのだが、満足のいくものはできなかったようだった。

日も傾き始めたので、ポーションをカバンにしまっていく。

自分が作ったものは持って帰るとエリーが言ったのでそれは彼女にあげることにした。ただ、素材はまた取りに行けばいいだけなのに彼女はお金を支払いますと言って聞かない。仕方なく、何か食事をご馳走してくれたらいいよと言うと、彼女は何かひらめいたかのように腕を摑んでくる。

「それなら私の家に行きましょう」

嬉しそうに僕の手を引っ張っていくエリー。前にもこんなことがあったなと小さく微笑むと引きずられるように一緒に歩いて行った。

そして、エリーの家に入るとたくさんの執事やメイドたちに出迎えられる。

相変わらずこの光景は慣れないね……。

少し顔を強張らせながらエリーの案内の元、奥の部屋へと入っていく。

通された食堂にはすでにミグドランドが席についていた。

「お帰り、エリー。それに、シィル殿、よく来てくれた。ゆっくりくつろいでいってくれ。なんだったら宿泊用の部屋も用意しようか？」

「い、いえ、僕はそこまでしていただかなくても大丈夫です」

両手を広げてすごく歓迎してくれているのはわかるが、流石にこれだけ広い館だと緊張してしまってろくに休めないだろうな。

とりあえず引かれた椅子に腰かけると料理が出てくるのを待つ。

するとエリーが嬉しそうにミグドランドに話しかける。

「お父様、見てください。今日はシィル様にポーションの作り方を教わったんですよ」

エリーがポーションをテーブルに置くとミグドランドが感心した様子で言った。

「本当にポーションだな。作るのが一番簡単な薬とはいえ、よく作ることができたな」

「シィル様の教え方がよかったんですよ」

いやいや、特になにも教えてないんだけど……。

「そうか……、この調子でシィル殿みたいな立派な錬金術師を目指してもいいかもな」

「いえ、僕はただの見習い錬金術師――」

どうにもミグドランドやエリーは勘違いしているようなんだけど、僕はポーションしか作れないただの見習いなんだよ。

しかし、そんな僕の言葉に笑い声をあげてくる。

「シィル殿が見習いだと？　そんなことあるはずないじゃないか。エリーを治せる最上級薬を作り出せるのに……」

「えっ、最上級薬？」

聞きなれない言葉に思わず聞き返してしまう。

「そうだ、これまで誰もエリーの病を治すことができなかったんだ。それが治せるのは伝説の薬とも言われているエリクサーだけ……。それをくれた君には感謝してもしきれない」

頭を下げてくるミグドランド。ただ、僕の方はただただ困惑するしかなかった。

「シィル様がいなかったら私は命がなかったと思います。シィル様は命の恩人なんですよ……」

エリーも頬を染めて笑みを浮かべてくる。

あれっ、もしかして違う薬を渡しちゃったの？

一瞬疑問に思ったもののやっぱりポーションしか作れない僕が違う薬を手にしていたとは考えられない。

「多分、人違いですよ。たまたま僕のポーションを飲んだ時に治っただけで、エリーを治したのは別の人ですよ」

するとミグドランドとエリーは眉をひそめながら二人して何か話し合って頷いていた。

「シィル様は私のためにポーションと言い張っているのですね……。もし高価な薬を渡したと知られると気後れしてしまうんじゃないかと思って……」

「あぁ、おそらくそうだ。だからここは彼の意見を尊重してあげるべきじゃないか？」

「わかりました」

内緒話が終わるとようやく僕の意見に同意してくれる。

やっとわかってくれたんだ……。

少しホッとすると目の前に料理が運ばれてくる。

それから出てきた食事に舌鼓を打ち、宿の方へ戻っていった。

第5話　魔物襲来

朝になるとポーションを売りに町へ出かけていた。

するとまるでタイミングを見計らったように散歩をしていたエリーに出会う。

なぜかわからないが最近エリーとよく会う気がする……。

ただ、決してなにか邪魔をするというわけではなく、それどころか一緒にポーション売りを手伝ってくれて、とてもありがたかった。

「ポーション、ポーションはいりませんかー？」

「とーっても良く効くポーションですよー」

二人で横に並んで大声をあげるとエリーの容姿が気になって近づいてくる人が現れる。

「一本もらえるか？　ちょうど王都に戻ろうと思ってるんだ」

恰幅の良いおじさんが早速買っていってくれる。

そして、それを皮切りに彼女に良い格好をしようとしてか、男たちがポーションを多数買っていってくれるので懐はかなり潤っていた。

「ありがとうね、エリー」

「いえ、シィル様のお役に立てるのなら……」

　感謝されることに慣れていないのか、エリーは恥ずかしそうに言った。

　そして、ある程度薬を売ると冒険者ギルドの方へと歩いて行く。

「へぇー、今日はシィルくんとエリー様、一緒なんだ……」

　ギルドの前に行くと口を尖らせたリエットが近づいてくる。

「うん、ポーションを売るのを手伝ってくれてるんだ……」

「ええ、シィル様といると色々勉強になりますので」

　微笑みながら答えるエリー。そんな彼女を興味深そうに見つめるリエット。仲が悪い……ということはないのだが、どういうわけか二人は火花をぶつけあっているようにも見える。

　それを呆れた顔で眺めていると、突然傷だらけの男性がギルドの中へと駆け込んでいった。

「な、何かあったのでしょうか？」

　その異様な光景にエリーは僕の後ろに隠れる。

「と、とりあえず中へ見に行ってみよう」

　提案してみると二人は頷き、そのままギルドの中へと入って行く。

　冒険者ギルドの中は先ほどの傷だらけの男性が入ってきたことで、空気が張り付き、動こうとする人は誰もいなかった。

「す、すみません……、ぎ、ギルド長は……」

息も絶え絶えに傷だらけの男性は受付にいる女性に話しかける。

すると慌てた様子で女性はギルド長を呼びに行った。

「シィルくん、ポーション！　使ってもいい？」

そうか……、ポーションを使えば少しでも傷が治るもんね。

リエットの言葉に頷くと、急いでカバンからポーションを取り出す。

それを渡すと彼女は急いでその男性の側へと駆け寄って行った。

「大丈夫ですか？　このポーションを飲んでください」

「あ、あぁ……」

男性は震える手でそのポーションに口をつける。そして、ゆっくりとそれを飲んでいく。

するとポーションの量が減っていくにつれて男性の目は大きく見開かれ、その飲む速度が上がっていった。

「こ、これはっ!?」

ポーションを飲みきった男性は己の傷が治ってるのを見て驚きを隠せないようだった。

「それで何があったのですか？」

驚く男性にリエットが、慌ててギルドにやってきた理由を聞く。すると話そうとしていたことを思い出したのか、男性が我に返り、質問に答える。

「あ、あぁ……、そっちの方が大切だな。実は西方にあるグルードラ森林で魔物たちが暴れまわってたんだ。明らかに様子がおかしい……。何かあったのかもしれない」

困惑しながらも男性は慌ててここに来た理由を説明する。

「そっか……、わかったよ。少し待ってて」

それだけ言うとリエットも受付の奥へと消えて行った。

「リエットはどうしたんだろうね？」

隣にいたエリーに聞いてみる。

しかし、返事がないので振り向いてみるとそこにあるはずの姿がなかった。

いや、よく見ると体を震わせてその場に座り込んでいた。

「エリー、大丈夫？」

「あっ、はい……。大丈夫……です」

その様子はどう見ても大丈夫そうには見えない。さすがにこの状況は耐えられなかったのだろうか。

「先に帰る？　僕はもう少し様子を見てからにするけど……」

「そう……ですね。シィル様にこれ以上ご迷惑をおかけしたくないので、私は先に帰らせていただきますね」

「それならこれを渡しておくよ。具合が悪いなら飲んでね」

エリーにポーションを渡すと彼女はそれを大事そうに抱えながらギルドから出て行った。

しばらくすると先ほど受付の奥に行った女性とリエット、そして三十歳くらいの少し細身ながらも鍛えられた体のギルド長が現れ、すぐに声をあげる。

「西方のグルードラ森林の異変……これはこの町を揺るがす大問題だ！　そこでギルドからその異変の調査、解決を緊急の依頼として出させてもらう。報酬額は金貨五枚。これは異変解決に貢献したもの全員に同額を払うものとする。少しでも早い解決を期待する！」

それだけ言うとギルド長は奥に戻ろうとする。

しかし、僕を見ると側に近づいてくる。

「君が噂のシィル君だね。私はここのギルド長をしているライヘン・ミュルツだ」

手を差し伸べてくるギルド長。

恐る恐るながら僕も手を出して握手をする。

「僕はシィルといいます。ポーションを売っています」

「あぁ、それは重々承知してるよ。ただ、本件は是非とも君の力も借りたいんだ……。この件だけでも力を貸してくれないか？」

「でも、僕に魔物の相手なんて……」

「いや、それはうちにいる冒険者たちだけで事足りる。ただ、怪我するものが多数現れることが予測されるからね。そのときに力を貸してほしい。もちろんその報酬はしっかりと払わせてもらうから……」

確かにそれは僕にしかできないことだ。

危険がないのならと頷くとライヘンはにっこりする。

「うんうん、いい返事が聞けてよかったよ。あと、もし君がよかったらギルドに加入しないか？」

そう言いながらライヘンが差し出してきたのはギルドへの入会手続き書だった……。

「さすがにギルドには入れませんよ。僕はまともに魔物と戦えないですから」

ライヘンが渡してきた入会手続き書をそのまま返す。

すると少し残念そうにしながらも、断られることは想像がついていたのかあっさりと引き下がってくれた。

「うーん、残念だけど仕方ないね。ただ君の力を借りたいのは本当だよ。明日の朝、このギルドの前に来てくれるかい？」

小さく頷くとライヘンは嬉しそうに笑いながら受付の奥へと戻って行った。

翌日、朝早くからギルドの前へとやって来た。

ポーションを渡すくらいしかできないので、他に何か自分ができることがあるのなら手伝うつもりだった。

ただ、意外なことに冒険者たちは既に準備を終えていた。

「おう、よく来てくれた。ちょうど今から出発するところだったんだ」

手をあげて声をかけてきたのはギルド長のライヘンだった。

そして彼の周りには剣や斧、槍といった武器を持ったたくさんの冒険者たちがいる。

ほとんど姿が隠れてしまっていたが、腰に二本の短剣を差したリエットもその中にまじっていた。こういった緊急事態のときはギルドメンバー総出で当たるため、受付の彼女も強制参加のようだ。

ただ、あまり戦闘には慣れていないようで、彼女が小さく震えているのを僕は見逃さなかった。

「リエット、大丈夫?」

リエットの側に近づき話しかける。

「う、うん……、大変なことになってるっていうことはわかるんだけど、やっぱり怖いよね」

青白い顔をしているリエット。どうにか彼女を落ち着かせようとそっと体を抱きしめる。

「大丈夫だよ、僕もできるだけのことはするから」

するとリエットは恥ずかしそうに顔を赤く染め、慌てふためいていた。

「な、な、な……」

手をバタバタと動かして動揺を隠しきれない様子のリエット。

「なんで抱きしめるの!?」

「だってこうしたら落ち着かない？」

改めてリエットの体を見るとすっかり震えは止まっているようだった。その代わりに顔がこれ以上ないくらいに真っ赤になっていたが。

「はぁ……、まぁこういうところがシィルくんらしいよね」

そして、大きなため息を吐いていた。

僕らしいってどういうことだろう？

それより、そろそろ出発しそうだ。

「それで僕は一体何をしたらいいのかな？」

「シィルくんは怪我した人の手当てをお願いね。ポーションを渡すだけでいいから。使った分はあとで支払うってギルド長も言っていたからね」

それだけでいいんだ……。

それならポーションだけあらかじめ渡しておけば僕は行く必要なかったんじゃないのか。

少し疑問に思ったもののその辺りは考えないようにした。

冒険者たちと一緒にグルードラ森林付近までやってきた。

この辺は普段魔物が出ない場所である。しかし、今日はなんだか様子がおかしかった。

森の方で大きな声が聞こえる。

「グルルルっ!!」

ぱっと振り向くとそこには狼型の魔物であるウルフがいた。

でもあまり強くない魔物のようで、冒険者の人たちは簡単に対処していた。

その身のこなしを心強く思いながら冒険者たちを見ていた。

すると、そのウルフはあっさり倒されたが、その後すぐにまた別のウルフが現れた。それも一体ではなく複数――。

「魔物が統制をとっているだと!?」

ライヘンが驚きの声をあげる。

弱い魔物が統制のとれた行動をしているということはボスに当たる魔物が存在することを意味していた。

「くっ、倒しても倒してもキリがないぜ！」

斧でウルフを倒している冒険者のおじさんが焦燥を口にする。

さすがにこのレベルの魔物に負けることはないだろうが、問題はその数だった。

気がつくとその数は冒険者の数よりも多くなっていた。

「さ、さすがにこの数は……」

リエットも両手で短剣を持ち、ウルフの相手をする。

そして、数の力に抗いきれずについに押され始める。

「ぐっ、このままだと……こんな時に彼らがいたら――」

ライヘンの顔にも焦りの色が見える。とその時に森林から他のウルフよりひときわ大きく、強者の雰囲気を身にまとった魔物が現れる。

「あ、あれはウルフキング!? そうか、あいつが統制をとっていたんだな!」

驚きの声をあげるライヘン。

それを見たウルフキングはニヤリと微笑み、大きな雄叫びをあげる。

「グルルルルゥゥゥ!!」

それはここに来た時に聞いた声であった。

そして、それと同時にたくさんのウルフたちが襲いかかってくる。

「ま、まずいよね……これ」

一人、また一人と冒険者たちがウルフにやられていく。そんな彼らにポーションを渡して回っていると目の前に一体のウルフが現れる。

しかし、リエットがそのウルフを短剣で切り裂く。

「シィルくん、大丈夫!?」

心配そうに近づいてくるリエット。ただ、彼女の方が顔色が悪い。

そのお腹あたりに血が滲んでいた。ウルフの爪に引き裂かれたのかもしれない。

「大丈夫？　今ポーションを――」

カバンの中からポーションを取り出そうとしたその時、ウルフキングと目が合ってしまう。

すると何か感じたのか、指揮を執っていたはずのウルフキングが僕めがけて走り出してくる。

「えっ!?　な、なんで？」

そのことに驚愕するリエット。そして短剣を構えるものの恐怖で足はすくみ、まともに動けそうになかった。

やられるっ!?

ギュッと目を閉じてしまう。

しかし、一向に痛みが襲ってこない。

どうしてだろうとゆっくりと目を開ける。

そこには赤髪の剣士、長身の槍使い、白いローブを着た少女の魔法使い、そして、エリーの姿があった。

そして、僕たちに襲いかかろうとしていたウルフキングは彼らによって倒されていた。

「大丈夫ですか？　助けに来ましたよ」

エリーのその言葉に安心して、その場に座り込む。

でもあれだけ怖そうにしていたのにどうして……？

よく見ると今もエリーの体は震えており、顔色もあまり良いとは言えなかった。

しかし、それでも僕たちを助けに来てくれたことには感謝しかなかった。

それはリエットも同様だった。

「いいところに来てくれた」

ライヘンも彼らの姿を見てホッとした声をあげる。

「おぉ、あれはSランク冒険者の『赤い星』じゃないか⁉」

「なにっ⁉　うおっ、本当だ。ならもう安心だな」

他の冒険者たちも一様に安心した声をあげる。

「彼らはエリーが？」

「はい。お父様に頼んでみたら、ちょうど彼らがいらっしゃいましたので一緒に来ていただきました」

微笑みながら説明してくれる。

その間も『赤い星』と呼ばれた三人はすごい勢いで残されたウルフたちを倒していた。

「それよりシィル様、ポーション余ってますか？　怪我をした人に配りましょうか」

エリーに言われて改めて気づく。

そのために自分がここにいることを……。

「ご、ごめん、リエット。すぐポーションを出すよ」

慌ててポーションを取り出してリエットの傷口にかける。

「ありがとう、シィルくん。おかげで体が動かせるようになったよ」

元気に手を回してみせるリエット。ただ、あの深い傷がポーションで治るはずがない。

「うん、あまり無理しないでね。とりあえず僕の側から動かないでね。悪いけどエリーは残りのポーションを怪我がひどい人から配っていってくれないか？」

リエットは不服そうな表情をしていたが、それでもおとなしく頷いてくれる。

そして、今の自分ができることを考えてエリーに指示を出す。

すると彼女は微笑みながら首を縦に振る。

「はい、わかりました」

カバンからあるだけのポーションを取り出す。

それをエリーに渡して配ってもらう。ただ、それだけでは全然量が足りない。

急ぎ、手持ちの材料で追加のポーションを作っていった。

ポーションを数本作っているうちに『赤い星』のメンバーがウルフをあらかた倒してしまった。

真っ先にウルフキングを倒したことによって、今までその采配で動いていたウルフたちが困惑し、効果的に動けなくなっていたことも大きいだろう。

それでもやはり一番の要因は彼らの強さであった。

「ありがとうございます。本当に助かりました」

最後のウルフを倒し終えた彼らにお礼を言いに行く。

すると剣士の人の足に小さな切り傷があるのに気づく。

「大丈夫ですか、それ？」

「あぁ、こんなの怪我のうちに入らないよ！」

剣士の人は剣を仕舞ってから、傷口を直に触る。そしてその足を動かして無事をアピールする。

ただ、助けてもらったのに何もしないわけにはいかないよね。……そうだ、ちょうど作り立てのポーションがあるじゃないか。

手に持っていたポーションを『赤い星』の三人に渡す。

「ポーションしかないですけど、ぜひ受け取ってください」

「そうだな、ありがたく受け取らせていただこう」

それを受け取った三人はライヘンのもとへと向かっていった。

あとに残された僕はリエットに尋ねてみた。

「これで異常事態は収まったの……ですよね？」

「まだ調査が済んでないからなんとも言えないけど、明らかに異常な魔物は退治されたからね。

当面は大丈夫だと思うよ」

それを聞いて少しホッとする。これでもう安心だよね。

「でもしばらくは町の外に一人で出るのは控えてね。まだ危険があるかもしれないから」

それもそうだよね。完全に安全だとわかるまでは誰かと一緒に来るしかないか……。

大きなため息を吐くとそれを見ていたエリーが僕の手を力強く握りながら言ってくる。

「そ、それなら私と一緒に来ましょう！　こう見えても私は魔法を使えますので役に立てますよ！」

えっ、エリーって魔法使えたんだ!?

初めて会ったのが病気になっていた時なので、すっかり病弱のイメージがついていたけど、貴族ということを考えると魔法の英才教育とかを受けてておかしくないよね？

うんうんと頷くと彼女の手を握り返す。

「それじゃあお願いしようかな……」

考えながら言うと、それを聞いたエリーはパッと花が開いたかのように満面の笑みを浮かべる。

「はいっ、よろしくお願いします」

エリーが頭を下げるとリエットが間に割って入り、拗ねるように言ってくる。

「そ、それなら私も……」

エリーだけだと心配に思ったのか、リエットも一緒に来ると言ってくれる。

「でもリエットはギルドの仕事があるでしょ……」

その言葉にリエットは地面に手をついて落ち込む。

朝は素材採取に行くくらいから夜は遅くまで……ギルド前で彼女の姿を見ない時はなかった。

「あれっ？　でもリエットの仕事ってギルドの受付だよね？　どうしていつもギルドの前に……」

「さぁ、早くギルドに戻って仕事しないとね」

リエットは質問が聞こえなかったのか、口笛を吹きながら町へ向かって歩いて行った。

「ちょっと待ってよ！　まだ話は……」

僕たちはリエットを追いかけていった。


町へと帰ってきたら『赤い星』と言われる三人がギルド前で何かを探しているようだった。

その横を通り過ぎようとすると近づいてきて声をかけてくる。

「急に呼んでごめんね。僕はアインヘッド・ラグズリー。アインと呼んでくれ」

赤髪の剣士の人が手を差し伸べてくる。同じように手を伸ばし握手をする。

ただ、どうして声をかけられたのかわからなかった。

「俺はニーグ・エミアだ。ニーグと呼んでくれ」

今度は槍の人が真っ白な歯を見せながら名乗る。

そんな彼を近くにいた女性たちがうっとりと眺めていた。

「今度は私……。ミリシア・テトリー……」

必要なことだけ話してあとは沈黙を保つミリシア。

「僕はシィルといいます。この町でポーションを売っています……」

「あぁ、それは聞いた。ミグドランドからお前の護衛を頼まれたからな」

えっ？　どうして？

何故自分に護衛をつけるのか不思議に感じた。

ただ、最近エリーが側にいることが多くなったことを考えると僕を……というより僕たちを……もっといえばエリーの護衛を頼んだのだろう。そう結論づけた。

「ポーション売りだとそこまで稼げないだろう。そこでだ。シィル、君は僕たちのパーティーに入る気はないか？」

まっすぐ目を見ながらアインが告げる。

その表情からすると、それはおためごかしではなく本心で言っているのだろう。

しがないポーション売りの僕をどうして？

確かこの人たちはSランク……世界最高ランクの冒険者パーティーだ。そんな中に入ったとしても邪魔になるだけだ。それにSランク冒険者が受ける依頼となると危険なものが多いだろう。

　うん、そんな危険は冒したくないかも……。今回みたいにそれをしないと生活できない……というようなことがない限りは。

　少し悩んだあと、頭を下げる。

「すみません。ありがたい話ですが、断らせていただきます」

「やっぱりそうだよね……。うん、わかってたよ」

…………？　どういうことだろう？

　この人たちは今日が初対面のはず……。なのにどうして断られるってわかってたんだろう？

　不思議に思い、首を傾げるが、アインはそれ以上教えてくれることはなかった。

　シィルと別れたあと、アインたちはユーグリッド邸へとやってきていた。

「見事に振られたな」

　ニーグがアインをからかうように言ってくる。

　ただ、長年彼と一緒にいるアインにはそれが彼なりの慰め方だと理解できた。

「あぁ、そうだね。彼ほどの力がある人物は引き入れたかったのだけど見事にね」

左手を握ったり開けたりしながら乾いた笑みを浮かべるアイン。

Sランクの冒険者ともなると危険はつきもので、彼の左手も以前に魔物の攻撃を受け、ろくに力を込められなくなっていた。それでも利き手が無事だったのは幸運だったが。

しかし、そんな左手がシィルのポーションを飲んだ途端に治ってしまった。

それこそ飲んですぐは信じられずにその辺りにあるものや剣を実際に振ってみたりもした。

しばらく使っていなかったので利き腕ほどの冴えはないが、ポーションを飲む前の状態では左手だけで振ろうとすると剣がすっぽ抜けていた。

それを考えるとかなり良くなっている。

シィルはこのポーションをその場で作り上げていた。

これほどの回復力を秘めた薬をすぐに作れるのなら自分たちの仕事ももっと簡単にこなせる……そう思いパーティーに入ってくれるように頼んだのだが、あっさり断られてしまったな。

今はすでに空になっているポーションの瓶を眺めながらアインはまたため息を吐いた。

「まるで恋人に振られたみたいだな」

落ち込むアインに声をかけたのはミグドランドであった。すると彼はすぐに瓶を片付け、顔の表情を引き締める。

ミグドランドはこの辺りがさすがSランク冒険者だと感心してしまう。冒険者は多数いるが、どちらかといえばならず者が多い印象がある。しかし、アインのように礼節をわきまえる、しっかりとした者がいるのも事実である。

そして、アインのこういった部分を気に入り、また、五年ほど前に助けられたこともあり、ミグドランドはなにか依頼をするときは決まってこの『赤い星』のメンバーに頼むようにしていた。

「それで今日は何の用だ？」

「うむ……、それを言う前にあのポーション売りの少年……どう思った？」

ジッとアインの目の奥を見つめるミグドランド。それはまるで何かを推し量るようでもあった。

「本当にすごいな。神に愛されているのか、魔法の才能があるのか、とにかく彼のポーションには感嘆の声しかあげられない」

シィルのことを聞いてくるということはミグドランドも彼の力については何かしら把握しているのかもしれない。

そんな彼相手にただのポーション売りでした……とは言えず、思っていることをそのまま告げる。

するとミグドランドはその回答に満足したのか、何度も頷いている。

「あぁ、そうだ。そして、私の娘の命を救ってくれた恩人でもある。だからこそ彼には不幸になってもらいたくはないんだよ。今後も君たちにできる範囲でいいからさりげなく彼の手助けをしてほしい。無論その報酬は払う」

「そのくらいのことならお安い御用だ。ただ、その結果、彼が僕たちの仲間になると言ったらそれはそれでいいんだろう？」

先ほど振られたことはお構いなしにミグドランドに聞くアイン。

さすがにこの返しは予想外だったのか、ミグドランドは笑い声をあげて言う。

「あははははっ、もしも、そのようなことがあるならその時は遠慮する必要はない。ただ、そんなことは絶対にないだろうがな」

「絶対にない？」

その一言は流石のアインも聞き捨てならなかった。

初めから諦めるなんて冒険者としてできることではない。そのことはミグドランドも重々承知のはずだ。なのにどうして？

「簡単なことだ。彼には後々エリーの夫になってもらうつもりだ。あのエリーが好いているからな。それにシィル殿も満更ではなさそうだからな」

「いや、彼は僕たちを選んでくれると信じてるよ。僕たちの仲間になれば地位も名誉も金銭も思うがままだからね」

だが、そのことを話すと更にミグドランドは笑い声をあげる。

「彼がそんなものに興味あるとでも？　わざわざあのエリクサーをポーションと言い張って安

価で配って回るような人物だぞ？　そんなものに関心を示すとは思えないな」

　言われてみて改めて不思議に思えた。

　どうしてそんなことをしているのだろうかと。でも、ミグドランドが言ったとおりなら頷けるところがなくもない。

　シィル……エリクサーを生み出す男か……。

　過去にエリクサーを生成できた人物は伝説の冒険者、マリナスだけと聞く。……やっぱり仲間にしたいな。

　アインはまるで恋い焦がれる相手のようにシィルのことを思い浮かべていた。

第6話　勧誘

いたたたっ……。

魔物討伐(とうばつ)に参加した翌日、筋肉痛で動けなくなっていた。

やっぱり慣れないことはするべきじゃないよね。

ゆっくりと手を伸ばすが、ベッドから動くことができず、テーブルに置かれたポーションを取ることができなかった。

すると扉をノックする音が聞こえる。

「はーい、どうぞ」

中に入ってくるように促(うなが)すとアイン、ニーグ、ミリシアのSランク冒険者三人が入ってくる。

「……何してるの？」

入って早々にミリシアが眉(まゆ)をひそめながら聞いてくる。

「その……、筋肉痛で動けなくて……」

その言葉を聞いた瞬間にニーグが笑い声をあげる。

「おいおい、ポーション売りが筋肉痛……。いてっ」

「やめないか、元々魔物と戦闘するような人じゃないんだ。慣れないことをすればそうなってもおかしくないだろう」

笑う彼を窘めるアイン。

「……そうね。私も剣を振るったら多分同じ状態になるもの」

彼に同意するミリシア。

「ぐっ……、確かにそうだな。笑って済まなかった」

ニーグは反省したようで深々と頭を下げてくる。そうなると慌てるのは僕の方だった。

「いえ、筋肉痛なのは本当のことですし、そんな頭を下げないでください」

「でもそのくらいの痛みならポーションを使えばすぐに治るだろう?」

ニーグが不思議そうに聞いてくる。

「ええ、ただ肝心のポーションがテーブルの上にありまして……」

ポーションの入ったカバンを指差した。

すぐ近くにはあるもののベッドからはぎりぎり手が届かない位置に置かれたそれ。

「なんだ、これがそうだったのか……。ほれっ」

ニーグがカバンを手に取るとそれを投げてくれる。

「ありがとうございます」

お礼を言ったあと、中からポーションを取り出し、飲み干していく。

するとあっという間に筋肉痛が取れていく。

そこでようやく人心地つくと改めてアインたちの方を振り向く。

「それで何かご用ですか?」

Sランク冒険者である彼らがわざわざ会いにくる用事……おそらく昨日の勧誘の件だろうな。

何が琴線に触れたのか、昨日彼らは勧誘してきた。ただのポーション売りでしかない僕を……だ。

どう考えても足手まといにしかならないのに……。

その真意を確かめるためにじっと彼らを見る。

「もちろん、君を勧誘に来たんだ。ただいきなり言われても困惑すると思ってな。今日のところは僕たちの仕事がどういうものか理解してもらおうと思ったんだ。よかったら一緒に依頼を受けないか?　もちろん報酬は均等に分けさせてもらう」

やっぱり勧誘に来たようだ。

ただ、今日は一緒に依頼を受けようという話だった。これで役立たずだってわかればわざわざしつこい勧誘はしてこなくなるかな?

そう考えた僕は彼らの申し出を受けることにした。

僕たちは冒険者ギルドへとやってきた。

いつもなら薬を売りに来るはずの僕が今日はSランク冒険者たちと一緒に現れたことで変に注目を集めてしまったようだ。

中にいた冒険者たちは何やらヒソヒソと話し合っていた。

「シィルくん、なんで君が『赤い星』の人たちと!?」

リエットも驚きを隠しきれないようで、側に寄って話しかけてくる。

「それは僕にもわからないよ。ただどうしても一緒に来てほしいと言われてね」

「シィルにはこれから冒険者の素晴らしさを伝えて、僕たちの仲間になってもらおうと思ってるんだ」

両手を広げてアピールをするアイン。そんな彼を見てリエットは目を細める。

「それはなんというか……ご愁傷様……」

リエットが苦笑を浮かべてみせる。

それを見て僕は諦めにも似た表情を浮かべた。

まず僕たちは掲示板の前へとやってきた。

「今日はどれを受けようか。やっぱりシィルにはいいところを見てもらいたいよな」

いいところより安全なところに行きたいんだけど……。

僕のそんな気持ちをよそにアインが手に取ったのは『エメラルドドラゴンの討伐』だった。

ただのドラゴンではなく、宝石の体を持つエメラルドドラゴンは体が硬く、攻撃が効きにくい上、普通のドラゴンと同じように凶暴な攻撃をしてくる。

まず、まともに相手にしたくない魔物だ。

討伐目安ランクはSランクと書かれている。

「いやいや、ちょっと待って。そんな魔物倒せるはずないよね？」

「そうか、エメラルドドラゴンなら比較的弱い魔物だけど」

アインは白い歯を見せながら、そう言ってくる。

そうだ……、この人たちはSランク冒険者……。普通にこのエメラルドドラゴンも倒せるんだ……。

想像を絶する彼らの強さに思わず天を見上げてしまった。

その間にアインは嬉しそうにエメラルドドラゴンの依頼書を受付のお姉さんに渡していた。

そして、僕たちは馬車に揺られ、エメラルドドラゴンがいるというリッテン山脈へ向かった。

一人顔色悪く、ただ俯いている僕に対して、アインたちは楽しそうに談笑していた。

「あの……、それで僕は何をしたらいいのですか？」

「シィルはとりあえず見ててくれたらいいよ」

「おう、俺たちに任せておけ」

力強く肩を叩かれる。そのため少しむせ、前のめりになってしまう。

そこでミリシアと目が合う。興味深そうにジッと僕の顔を見てくるミリシア。

「ど、どうかしましたか?」

「その力……、興味深い」

じっと座っていたミリシアだが、目が合った途端に近づいてきて、僕の体をまさぐってくる。

「何をするんですか!?」

慌ててその手を払いのけると残念そうに手のひらに指を当てていた。

「……何かわかると思ったのに」

それから再びさっきと同じ席に腰かけるとまた身動きすらしなくなってしまった。

「気にするな、ミリシアはいつもこんな感じだ」

僕たちの様子を見て笑い声をあげるニーグ。

なんだか釈然としないまま僕は目的地に着くのを待っていた。


「ここからは馬車では行けないな。歩いて行こう」

山脈の麓で馬車から降りる。

さすがにこれだけの距離を移動するのは初めてだ。

周りには知らない植物が生えていて、興味をそそられた。

「これ、なんの草だろう？　こっちには変わった木の実が転がってるよ」

思わず拾ったものをカバンの中にしまい込んでしまう。そんな僕を見てアインたちは苦笑を浮かべていた。

「ははっ……、どうだい、来てよかったかい？」

振り向きざまに頷きそうになる。ただ、このあとドラゴン討伐があるかと思うと素直に頷けない気持ちもあった。

「でも、このあとエメラルドドラゴンと戦いに行くんですよね。さすがにそこまでするのは……」

「戦いは俺たちの領分だ。そこは安心して見てるといい」

山脈にいる魔物を手にする槍で軽くいなしながら自信ありげに言うニーグ。

弱い魔物など相手にならないようで、余裕すら見せていた。

たしかにあれだけの実力があれば本当に何もしなくていいかも……。

それから更に僕たちは山脈を進んでいった。

デコボコとした山の斜面を登っていくのは僕には重労働だったが、アインたちは軽々と進んでいく。

すると道中でひび割れた大きな卵を見かける。

「魔物の卵か……。どうする？」

槍の穂先を卵に突きつけながらニーグはアインの判断を仰いだ。

「そうだね……。シィルはどうしたいかな？」

ここで僕の考えを聞いてくるの!?

でも、まだ生まれてない魔物なら何も悪いことはしてないし……。

少し悩んだあと、結論を出す。

「できれば僕は……、助けてあげたいかな」

「でもこのままだとすぐに死んでしまうぞ？」

こんなところに卵だけあるということは何かに襲われてこの卵だけ残されたということだ。

親もいない今の状態では生まれたとしてもすぐに死んでしまうだろう。

そうとわかってて見捨てることはできなかった。

「それじゃあ僕が育てるよ」

ひび割れた卵を両手で抱え込むとアインたちは苦笑してた。

「まぁ子供の時から育てたら魔物も懐いてくれるか……」

「……でも、この卵、弱ってる。このままだと死んでしまうよ」

ミリシアが卵をジッと見て告げてくる。

たしかにヒビが入ってるということはどこかから落ちたということだもんね。

でも、卵の状態の子を回復させるなんて……。

「……とりあえずポーションをかけてみたら？　それ以上のことは現状ではできない」

冷静に状況を分析してくれるミリシア。

「あ、ありがとうございます」

助言してくれた彼女にお礼を言うと早速ポーションをかけ始める。

「なぁ……、あれで効くのか？」

「僕に聞かれてもわからないが、彼のポーションならもしかしたら……」

動くようになった左手を何度も握ったり開いたりしながらアインは興味深そうに僕のことを見ていた。


しばらくの間、ポーションをかけていると卵の中の生き物が動き出した。

突然動いたものだから少し驚き、卵を手放しそうになるが、慌ててぎゅっと握りしめる。

するとヒビが更に大きくなり、そして、中から翼の生えた小さなトカゲが飛び出してきた。

「キュピー！」

嬉しそうに飛び出したあと、周りを見て体を震わせて僕の後ろに隠れてしまう。

「……その子ってドラゴン？」

「あぁ、そうだな。でも、どうしてこんなところに？」

ガタガタと震えるドラゴンを興味深そうに眺めるアインたち。

「大丈夫だよ、僕が手出しさせないからね」

と言ってもアインたちを相手にして勝てる気はしない。

「まぁ子供だもんな。シィルが面倒を見るのなら僕は何も言わないよ」

「……悪さをしたら倒せばいいだけ」

「まぁ、そうだな。それにうまく懐いてくれたらシィルも何かと助かりそうだもんな」

アインたちも反対ではないようだ。安心してドラゴンの子供を抱きしめる。

「この子の名前を決めないといけないね」

「キュピー?」

ドラゴンの子供は首を傾げて僕の顔を見てくる。その鳴き声を聞いてある名前を思いつく。

「よし、この子の名前はキュピにしよう」

「キュピー、キュピー」

高々と持ち上げるとキュピは嬉しそうな声をあげた。そんな僕たちを見てアインたちが小声で話し合っていた。

「あんな可愛い名前でいいのかな？　ドラゴンって小さいものでも人の数十倍の大きさになるだろう?」

「……安直」

「まぁいいじゃないか。楽しそうなんだから。僕たちがとやかく言うことじゃないよ」

そして、僕たちは更に山奥へと進んでいく。

すると突然雄叫び（おたけ）が周囲にこだまする。

な、何があったの!?

思わず周囲を見渡す。周りにいた鳥たちが一斉（いっせい）に飛び去り、嫌な沈黙が僕たちを襲う。

「ついに見つけたな。シィルは後ろに下がってろ。俺が相手をしてやる」

槍を構えたニーグ。すると地響きのような音が近づいてくる。

現れたのは鮮やかなライトグリーンの皮膚（ひふ）を持つ巨大なドラゴンであった。

それに向けてニーグは思いっきり槍を投げつける。

だが、その槍はドラゴンにあっさりと弾（はじ）かれてしまった。

「くっ、普通のエメラルドドラゴンより硬いぞ」

弾かれた槍をキャッチしたニーグは顔を歪（ゆが）める。

「……なら私が。風の刃（ウインドカッター）」

ミリシアが手に魔力を貯（た）めて思いっきり放つ。緑がかった半透明の刃（やいば）がまっすぐドラゴンに襲いかかるが、それもあっさり弾かれる。

「仕方ない、ここは僕に任せろ。光の剣（ライトセイバー）！」

持っている剣に魔力を込めて、アインがエメラルドドラゴンに斬（き）りかかる。

しかし、その攻撃も少し傷をつけた程度でエメラルドドラゴンは平然としていた。

「くっ……、いつもより強いな」

「……普通のエメラルドドラゴンじゃないわね」

(我は緑龍王エメラルドドラゴンじゃ。人間よ、どうして我を狙う)

脳裏にドラゴンの声が響く。直接言葉を伝える念話というやつだろうか?

木陰に隠れてアインたちの様子を窺っている。

「……まさか称号持ちとは思わなかった」

「相手が悪いな。本気を出さないと倒せない相手だ。アイン、いいよな?」

「仕方ないね、シィルの前だからなるべく余裕を持って勝ちたかったけど、相手が相手だ」

アインたちの魔力が膨れ上がっていく。どうやら今までは手を抜いていたらしい。

すると頭に乗っていたキュピが突然慌て出す。

「ど、どうしたの、キュピ!?」

「ピー、ピー!」

翼をばたつかせて、アインたちが戦っているエメラルドドラゴンの方へと近づこうとしている。

もしかして、あのドラゴンがキュピの親?

よく見るとその足元にも何体か、キュピと同じような子供のドラゴンがいた。

そしてアインたちの攻撃を弾いたりしているもののその場から動こうとせず、向こうから攻撃してくることはなかった。

それはあの子供たちを守っているからだろう。

もし、あのエメラルドドラゴンが倒されてしまったらあの子たちも……。

それはダメだよ！

ばたつくキュピを頭に乗せたまま、僕はドラゴンの方へ向かって飛び出す。

だがその瞬間、目に飛び込んできたのはアインたちの攻撃を受け、エメラルドドラゴンがその場で倒れこむ姿であった。


「キュピ――――!?」

キュピが慌てて僕の頭から飛び降り、エメラルドドラゴンへと向かっていく。

「ちょうどよかった。シィル、今ドラゴンを倒したところだよ」

アインが手を振っていた。その横で息も絶え絶えにエメラルドドラゴンが突っ伏していた。

「なかなかの強敵だったな」

「……でもなんだか変。あの場所から動かなかった」

ミリシアだけが違和感を抱いているようだった。

「キュピ、キュピ」

キュピが心配そうにエメラルドドラゴンに寄り添う。エメラルドドラゴンは僕の目を見ると優しい眼差しで訴えかけてくる。

もう念話をする力もないのかも。おそらくキュピを頼むと言っているのだろう。

僕が大きく頷くとエメラルドドラゴンはゆっくりとまぶたを閉じていく。

その時、キュピが僕の方へと飛びついてきた。

そして、カバンを引っ張ってエメラルドドラゴンの方へ寄せようとする。もしかしてポーションを使えと言ってるのかも。

でも、普通のポーションでこの傷を治せるはずが……ううん、キュピがそれで満足するなら使ってあげるべきだね。

ポーションを取り出すとそれをゆっくりエメラルドドラゴンに飲ませる。

「ちょっと、何してるんだ、シィル」

アインが慌てて止めようとするが、飲ませる方が早く、エメラルドドラゴンの口の中にポーションが注ぎ込まれる。それを飲み込むとエメラルドドラゴンの体が光り輝く。

そして、次の瞬間にはエメラルドドラゴンの傷はなくなり、元の元気な姿を取り戻していた。

「えっ!?」

それに驚いてしまったのは僕だった。

普通のポーションをあげただけなのにこの回復力。どう考えてもおかしい。もしかして、ドラゴンにはポーションの効果が跳ね上がるの？

口をパクパクさせているとエメラルドドラゴンが立ち上がり、念話を使ってくる。

（小さき少年よ、助かった。そなたのおかげで我は力を取り戻すことができた。そして、その強きものたちよ。今から再び戦うつもりなら全力で相手をしよう）

エメラルドドラゴンがアインを睨みつけると彼は首を横に振る。

「いや、もうやめだ。僕たちにはもう力は残ってない。それに万一、もう一度勝てたとしてもシィルがそちらにつくのなら意味のないことだからな」

アインは剣をしまい込むと僕の方を見てくる。

「戦いを止めた理由、教えてくれるな？」

小さく頷くと、エメラルドドラゴンは子供を守っていただけだということ。何も悪さをしていないこと。そして、キュピの親かもしれないことを話した。

「でも、なんであの傷がポーションで治ったか……、それだけがわからないんですよね……」

再び首をひねると、ニーグがため息混じりに言ってくる。

「それはお前の力だろう？　そうじゃないのならキュピの力かもしれないが——」

そうか、あのとき隣にキュピがいた。まるでポーションで回復することを知っていたかのように。

ということはキュピが隣にいるときにポーションを使うとすごい回復力が引き出せるのかも

しれない。

「そっか……、キュピの力だったんだ……」

僕が呟くとニーグが少しコケそうになっていた。

「それでシィル、これからどうするんだ。俺たちはこのエメラルドドラゴン討伐の依頼を受けてるんだよ？」

（我の討伐をか？　何もしていない我をどうしてじゃ？）

「理由はわからないが人を襲う凶暴なエメラルドドラゴンが出現したから討伐してくれという依頼だからな」

（我が襲ったのは我が卵を強奪しようとした盗人だけじゃぞ？）

「つまりそいつらが逆恨みで依頼したわけか」

（我を助けてくれた少年が困るならこれを持っていくといい）

エメラルドドラゴンは自身の鱗を剥いで、それを渡してくれる。

両手で抱えないと持てないほどに大きな鱗……。

（それ以外は持ち帰れなかったといえば十分討伐の証になるじゃろう。あとは主らに迷惑をかけないように住む場所を変えよう）

それなら問題はなさそうだ。ただそうなるとキュピは……？

「キュピー？」

キュピが僕とエメラルドドラゴンの顔を交互に見ている。そして、僕の方に近づいて来ようとするが、僕はを横に振る。

「ダメだよ、キュピ」

するとキュピが悲しそうな顔を見せる。

「またいつでも遊びに来ていいから……。親と一緒にいた方がいいよ」

するとキュピがいやいやと顔を左右に動かす。

でも意見を変えないとわかると悲しげにエメラルドドラゴンの方に寄って行った。

そして、エメラルドドラゴンが大きな羽を広げると子供たちを乗せてそのまま飛び去ってしまった。

キュピたちを見送ったあと、僕たちは町へと戻っていった。特に会話らしい会話もなく、僕はただギュッとドラゴンの鱗を握りしめていた。

そして、それを討伐の証としてアインがギルドで報酬をもらった。袋いっぱいに詰められた金貨の山。それをみんなで山分けにする。僕は自分の分を受け取ると宿へ戻っていった。

途中にアインたちが何か話しかけてきたけれど、ほとんど耳に入らず、宿に入るとそのまま倒れこむように眠りについた。

そして、翌朝。

耳元が騒がしくて目が覚める。

ゆっくり目を開けるとそこにはキュピの姿があった。

「きゅ、キュピ!?」

思わず声をあげてしまう。するとキュピの方も嬉しそうに飛びついてくる。

「でもどうして?」

「キュピー、キュピー」

何か理由を説明してくれているのはわかるが、全然意味がわからない。

すると、何か手紙のようなものを取り出してくる。

それはあのエメラルドドラゴンからの手紙だった。

『キュピがお前と遊ぶと言って聞かないから百年ほど一緒に遊んでやってくれないか? またそのくらいに迎えに行く』

いやいや、人は百年も生きないんだけど……。

それにあのドラゴン、文字も書けるんだ。

そもそも遊ぶ単位で百年はおかしいでしょ!?

いくつか思うところはあったもののまたキュピと一緒になれたことを喜んだ。

第7話　キュピと住む家

今日もポーションを売りに冒険者ギルドへとやってきた。

頭の上にはキュピが嬉しそうに乗っかっている。本人はこれで遊んでもらっているつもりなのだろう、とても楽しそうな表情を浮かべていた。

そして、冒険者ギルドの前に来るといつものようにリエットが掃除をしていた。

「シィルくん、今日もポーション売り……えっ!?」

頭にいるキュピに目を留めたリエットは驚きのあまり固まってしまう。

「ど、どうしてドラゴンの子供がこんなところに？　た、退治しないと」

リエットが慌てて自分の短剣を取り出して突きつけてくる。

「だ、駄目だよ……」

慌ててリエットを止めようとする。腕を掴むと彼女は足をばたつかせる。

「キュピ？」

キュピは首を傾げながら僕たちを見ていた。

しばらくするとようやくリエットが落ち着いてくれる。

「どうして、シィルくんはドラゴンの子供なんて連れているの？」

アインたちと一緒に依頼を受けたことを話すとリエットはため息を吐く。

「シィルくんのポーションを飲んで生まれることができた子供が懐いちゃったから一緒にいると……。それでポーションは売れるの？」

リエットに言われてハッとなる。

僕は全然平気なのだが、先ほどのリエットの反応を見る限り他の冒険者たちも同様の反応を見せるであろうことは容易に予測できた。

もしかすると問答無用で攻撃してくるような冒険者もいるかもしれない。

それじゃあキュピと一緒にいるとポーションを売ることもできないだろう。

「うーん、そう考えると問題あるかも……」

でも宿で待たせるのも怖い気がする。

「それならシィルくん、家を買ったらどうかな？」

リエットに提案される。家か……、すごいお金がかかるから考えたこともなかったけど、たしかにそれならキュピがいても困らないもんね。

それに今なら白金貨がある。それがあればさすがに家も買えるだろう。

「そうだね、少し見に行ってみることにするよ」

「一人で大丈夫？　私も一緒に行ってもいいけど」

「大丈夫だよ。それにキュピも一緒に行くから」

「キュピー！」

自分に任せろと言いたげに胸を張るキュピ。それを見てリエットは思わず大笑いする。

「あははっ……、そうだね。二人なら大丈夫だよね」

リエットに見送られて僕たちは大通りを歩いて行った。


「確かここだったよね？」

僕たちがやってきたのは土地を販売している土地屋さん。

早速中へと入ってみると手を揉みながら近づいてくるお店の人。

「いらっしゃいませ。本日はどのような家をお探しでしょうか？」

ずっと笑みを浮かべているもののその目は笑っておらず、僕の姿を観察しているように見えた。

「えっと、僕とこの子が住めるような家を探しているのですけど……」

土地屋さんの前にキュピを出す。すると一瞬目を見開いて驚いたものの、それでも表情を変えずに接客を続けてくれる。

「はいっ、いくつか該当しそうな家がございます。失礼ですが、ご予算はいかほどでしょうか？」

まぁ、白金貨一枚以内ならどこでもいいよね。土地屋さんの前に白金貨を差しだす。

「一応これで買える範囲でお願いします」

出したお金を見た瞬間に土地屋さんの態度が変わった気がした。

気のせいかもしれないけど、なんだか表情が柔らかくなった気がする。

「どうぞ、こちらに来てください。詳しいお話はこちらでしましょう」

土地屋さんが奥にある豪華なテーブルへと誘導してくれる。

言われるがまま席に着くと土地屋さんが早速建物の紹介を始める。

「お客様のご予算ですとたとえば大通り沿いの一軒家なんていかがでしょう？　利便性は抜群でお店を開いたりする場合に便利ですよ。ただ部屋は少し手狭になってしまいますが……」

やっぱり便利な場所だと小さくなってしまうんだな。今のキュピの大きさなら問題ないけど、そのうち大きくなることを考えるとなるべく広いところの方がいいかもしれないね。

「町中から離れても大丈夫ですので広い所ってないですか？」

「それなら、これですね」

土地屋さんが取り出したのは町外れにある大きな家の絵だった。

「ここならご予算の範囲内ですが、なにぶん町から離れておりまして……。広い庭がついていたり、部屋数が非常に多いといったメリットもございますが……。いかがいたしましょうか？」

うん、キュピと暮らすなら、ここがいいかもしれない。町から離れているからキュピがいても驚く人は少ないだろうし、これだけ庭が広いなら薬草とか植えておけばポーション作りに役立つかもしれない。

「そうですね、ここでいいです」

思わず即答してしまう。すると土地屋さんがクスクスと微笑む。

「では、まずは実際に家を見てもらいましょうか。それから決めていただいても遅くありませんので」

そうだよね、実際に見ないで決めるわけにはいかないもんね。

少し照れながら頷いた。


それから土地屋さんと一緒に建物の中を見たあと、改めてこの建物を購入することにした。

金額は白金貨を払っていくらか金貨が返ってくるくらいだったけど、中の家財道具もセットにして白金貨一枚……ということにしてもらった。

今すぐに住める方がありがたいから……。

「キュピー、キュピー」

キュピは嬉しそうに広い庭で飛び回っていた。

「それじゃあキュピはこの家で待っていてくれる？　僕は少しポーションを売ってくるからね」

「キュピー！」

勢いよく返事をするキュピ。

気に入ってくれてよかったと微笑みながら町の方へと歩いて行った。

町から少し遠いといってもそこまで時間がかからずに大通りまで戻ってくることができた。このくらいなら生活に特に支障はなさそうだ。

再び冒険者ギルドへと戻ってくる。

「シィルくん、もう戻ってきたんだね。あれっ、さっきのドラゴンは？」

「おかげさまで良い家が買えたよ。今は家で留守番してもらってる」

普通に答えるとリエットは驚いた様子を見せる。

「も、もう家を買ったの⁉」

「うん、ちょうど良い家があったから……」

「う、うん……。そうだね、シィルくんならそうだよね。ふ、普通はじっくり何カ月かかけて決めるものなんだけどね……」

「でも、キュピと一緒に住むことを考えたらちょうど良いところだったんですよ」

「今度遊びに行ってもいい？」

すぐに決めた家がどんな感じのところなのか気になるのだろうか、リエットが聞いてくる。

「いつでも来ていいよ。僕とキュピしかいないからね」

「それなら私も行かせていただきますね」

突然後ろから話しかけられる。驚いて振り向くとそこにはエリーの姿があった。

「そ、それはいいけど、突然後ろから声をかけられたら心臓に悪いよ……」

「ふふふっ……、シィル様がリエットさんと楽しそうにお話しされていたのでつい……」

一緒に話したくなったのかな？

なんだか裏がありそうな笑みをリエットに向けながらエリーが微笑んでいた。

「それでシィル様、お家(うち)を買われたのですね。今から遊びに行ってもいいですか？」

えっと……、ポーションを売りに来たんだけどなぁ……。

苦笑いしてしまったものの、エリーの楽しそうな目を見ていると断ることはできなかった。

「ここがシィル様のお家なんですね」

エリーが興味深そうに言ってくる。

「結構広いところに住んでいるんだな」

「キュピもいるんだね。あのときに別れたと思ったのに……」

「……キュピがいるなら町中には住めないね」

いつの間にか僕たちについてきたアインたち。なぜか僕以上にはしゃいでいるように見える。

「きゅぴきゅぴ……？」

キュピが突然たくさんの人が来たことに驚いたのか、不思議そうな顔をして近づいてきた。

「早速中に入っていいか？」

「えぇ、どうぞ」

うずうずした様子のアイン。

そんな彼らと一緒に家の中へと入る。


まずはお茶でもと思って食堂に向かう。が、アインたちは家に入るなり、驚いた表情を浮かべていた。

「もしかしてシィルって貴族様だったのか？」

「いえ、僕はただのポーション売りですよ」

まぁこの家の広さを見たら勘違い（かんちがい）するよね。

僕とキュピだけでは確実に部屋が余っているわけだし。

食堂にたどり着く。

家財道具をそのまま貰ったのでそこにはエリーの家にあったような長テーブルと椅子が置かれている。

「どこでも好きなところに座ってくださいね」

流石に執事やメイドを雇うようなことはしていないので、各々好きなところに座ってもらう。

ただ、やはりみんな一箇所に固まって座っていた。

その様子に苦笑しつつ、みんなの前に飲み物を出していく。

「何もないところですけど、くつろいでください」

「物静かでとてもいいところですね。シィル様らしい家です」

エリーが頬を染めながら褒めてくれる。

「ええ、ここならのんびり生活ができますからね」

「そうだね……、僕たちだったら宿で済ませることが多いからね」

アインたちは再び勧誘しようとしてついてきたのかもしれない。だが、こののんびりした様子を見て考えを改めてくれたように見える。

苦虫を嚙み潰したような表情で僕の顔を見ていた。

「……まぁ仕方ないね。本人にその気がないなら」

ミリシアが首を横に振りながら呟く。

「諦めろ、アイン。別の女を紹介してやるよ」

ニーグがアインの肩に手を回す。

「何を馬鹿なことを！」

アインは慌てて手を振り払うとニーグは笑い声をあげていた。


それからしばらく談笑したあと、アインたちは帰って行った。

ただ、最後に「いつか気が変わったら僕たちの仲間になってくれ」とだけ未練がましく言ってきたが、それでも手を振って笑顔で帰ってくれた。

「いい人たちなんだけどね……。僕が邪魔したら申し訳ないし……」

キユピと一緒なら役に立てるかもしれないが、一人だと足手まといにしかならない。

もっといろんな薬を作れるようになって、いつか堂々と彼らの横に立ちたいな。

「うん、それならまずは新しい薬を作る練習をしてみよう。素材はたくさんあることだし」

エリーが見ている横で新しい薬草を使った薬を作り始める。

結果は……どういうわけか全ていつも作っているポーションになってしまった。

違う素材で作ったはずなのにどうして？

困惑する僕を他所にエリーは目を輝かせていた。

「シィル様、これはどんなポーションなのですか？」

「えっと……、普通のポーションだよ」

尊敬の眼差し(まなざ)を向けてくるエリーには申し訳ないが、素直に答えた。ただ、それを聞いてなおエリーの眼差しは変わらなかった。

「そうですか……。シィル様にとってこれが普通のポーションなのですね」

んっ？　なんだか意味深に聞こえたのだけど、意味は間違っていないよね。

エリーのその言葉に僕は頷き返した。

第8話　新しい家での生活

それから新しい家に慣れるまでそれほど時間はかからなかった。

初めはどこを見ても真新しい、木の香り漂う家だった。

しかし、連日連夜この家には客が訪れていた。

まずみんなで僕が家を持ったお祝いパーティーを……。

次の日は酒瓶(さかびん)を持ったミグドランドが……。

なんでも家だとエリーとミグドランドの妻の目が光り、ろくに飲むこともできないそうだ。

「シィル殿も飲むかい？」

頬(ほお)を赤くしたミグドランドが僕のコップに酒を注ごうとする。

すると玄関をノックする音が聞こえ、ミグドランドの魔の手を逃れることができた。

「はーい……どちらさまですかー？」

玄関の方へと向かう。そして、扉を開けるとそこにはエリーがいた。

「あれっ、どうしたの？」

「シィル様、父がお邪魔していませんか？」

後ろでは必死にミグドランドが首を横に振っている。

教えるなってことだろう。

しかし、教えなくてもいずれバレるだろうし、あとで痛い目を見るよりは……。

少し悩んだ結果、さりげなく横にずれる。

するとエリーの目にミグドランドが映る。

「あーっ、いました！　もう、お父様ー！　お医者さんからお酒を止められてたでしょ！」

「い、いや、だってシィル殿の家ができた記念なんだから……」

「それはもう昨日したでしょ！　ほらっ、帰りますよ！」

「いーやーだー！」

家の方へと引っ張られていくミグドランド。

それを呆（あき）れ顔で眺（なが）めていた。


その次の日はリエットがたくさんの料理を手にやってきた。

「あまり自信がないんだけど……」

わざわざ持ってきてくれたのだからと食堂へ案内する。

そして、長いテーブルに置かれたたくさんの料理……。それに対して席に着くのは僕とリエットだけ……。なんだか寂しい気もするけど、僕たちしか食べないもんね。

キュピは庭で勝手に食べて寝ての生活を送ってるし……。

「せっかくだしここで食べよう」

「うわーっ、前来た時はたくさんの人がいたからそこまで思わなかったけど、改めて見ると広いねー」

リエットが感嘆の声をあげる。

やっぱりそうだよね。家を買ったときも、もしかしてこれが標準サイズの家なのかと不安になったけど、やっぱり大きいんだよね？

そこは少しホッとする。

リエットを席に案内してから作って来てもらった料理を取り分けるお皿を準備する。

そして、僕も席に座る。

「それじゃあ食べよっか！」

「はーい！」

リエットの返事を聞いたあと、並べられた料理を見る。

少し黒くなった部分もある野菜炒めと鮮やかな黄色の卵焼きがどちらもたくさん置かれていた。

そして、目の前には不安そうにチラチラと僕を見てくるリエット。

その様子から綺麗な卵焼きはリエットの得意料理で黒くなっている方は苦手なものだったんだろうなと想像できた。

まずはうまくできている卵焼きの方から手をつける。

「あっ……」

リエットが小さく声を漏らす。

やっぱり先に野菜炒めを食べたほうがよかったかなと思いながらもそのままそれを口に運ぶ。

うん、見た目だけじゃなくて味もしっかりしていて美味しいな。

「これは美味しいね。うん、僕好みの味だよ」

そう言うとリエットはなぜか顔を真っ赤にする。

さて、次は野菜炒めだよね。

少し黒くなったそれを口にするとやはり焦げた部分が少し苦くなっている。しかし、それ以外はおかしいところはない。

焦げなくなったら完璧だろう。

「うん、味は美味しいね。焦げなくなったら完璧かも……」

思ったことをそのまま口に出す。それを聞いたリエットは更に顔を赤くして恥ずかしそうに俯いていた。

四日目にはSランクパーティーのアイン、ニーグ、ミリシアがやってきた。少し煤けた姿からどこかに仕事に行っていたのだろうと推測できた。

その手にはやはり酒瓶が握られている。

「おい、せっかく久々に帰ってきたんだから酒場で女の子を……いてててっ」

ニーグがミリシアに頬を引っ張られるこの状況も懐かしい。

なんだか久々に会った気がする。

「今まで何されていたのですか？」

「うーん、教えてあげたいのはやまやまなんだけど、少し秘密の依頼を受けていてね。でもそれも終わったから今日からはまたこの町にいるからね。何かあったら連絡してくるといいよ。それよりも今日は飲もうか」

アインがお酒を開ける。

そして、それをコップに注いでいくが、僕の分には果物のジュースを入れる。

「シィルにはまだ早いからね。こっちのジュースで我慢してね」

アインが笑みを浮かべながら言ってくる。

「……それにしても家っていいよね。うちのパーティーでも買わない？」

ミリシアがぽつりと呟く。

「いやいや、僕が散々言ってきたじゃないか？　それなのに稼いだお金を全部女性や魔導具に使ったのは誰だったかな？」

「……だって魔導具が呼んでるんだもん」

「女性に金を使って何が悪い！」

顔を伏せるミリシアと堂々と威張るニーグ。

それを僕はただただ苦笑いしながら見ていた。


連日連夜誰かが訪ねてきていた僕の家。

しかし、今日は変わった人物……というか生物が訪れていた。

「すぅ？」

庭の方に出てみるとそこには手のひらサイズのスライムのような生物がいた。

ただ、スライムはこの辺りに生息していないこと、あまり強い魔物ではなく危険はほぼないこと。そして、目の前にいるスライムが可愛らしい容姿をしていたこともあってとても魔物には見えなかった。

そのスライムが僕をジッと見てくる。

いや、睨んでいるという方が正しいだろうか？

よく見るとどこか元気がなく、弱っているようにも感じられた。

「どうしたの？」

「すら、すら……」

心配して近づくとその小さな体で体当たりしようとしてくる。

「大丈夫だから……」

安心させるように言う。

すると敵意はないと感じたのか、スライムはおとなしくなる。


そして、ジッと見るうちあることに気づく。

その体にはいくつもの傷があった。

もしかしたらそれが元で弱っているのかもしれない。

それならやれることは一つだよね？

カバンの中からポーションを取り出す。そして、今はおとなしくなったその子の傷口にそっとかけていく。

「すっ!?　すらすら!!」

薬が染みるのか、スライムは突然暴れ出す。

しかし、ちゃんと傷には効いているようで、ポーションをかけた部分は淡い光に覆われる。

そして、黒い煙のようなものがその光とともに空へと昇っていくように感じられた。

ただ、それは一瞬のことですぐに光も止み、傷の治ったスライムは嬉しそうにその場を動き回っていた。

「すららっ、すららっ……」

そこまで喜んでもらえるとポーションをかけてあげた甲斐があったなと嬉しくなる。

そして、しばらく駆け回ると今度は僕の足元に寄ってきてその体をすり寄せてくるようになった。

「――ということがあったんだよ」

ギルド前でリエットに説明する。

彼の肩にはあのスライムが乗っていた。

そして、その通りといわんばかりに一度「すらっ」と鳴いた。

すると、リエットは少し険しい顔をする。

「でもスライムは魔物なんだよ？　危なくないかな？」

「僕もそう思ってまずアインさんたちに見てもらったんだよ。そしたら、ミリシアさんに邪悪な魔の要素がない……人に危害を加える恐れのない魔物なんて初めて見たって言われたよ」

「人に危害を加えない？」

リエットは少し興味深そうにそのスライムをジッと見る。

一方のスライムもリエットのことをジッと見ていた。

二人が見つめ合って数分……、リエットがため息を吐く。

「うん、確かに危害を加えてきそうにないね。あの『赤い星』のミリシアさんが言うなら間違いはないだろうし……、でもシィルくん、この子が増えて生活が大変にならないの？」

「それがね、一日一本のポーションとあとは何でも食べるから困らないんだよ。キュピと一緒で自分で食べ物を取ってくるからね」

本当に何でも食べる。

家の中もこのスライムを飼い始めてからは部屋に汚れ一つ落ちていなくてすることがない。

おそらくゴミすら食べてくれているのだろう。

それを知ったのは飼い始めて数日経ってからだったけど。

「……便利な子なんだね。うちにも一匹欲しいかも」

小声で呟いたあと、またジッとスライムを見るリエット。

その視線に怯えたスライムが僕の後ろに隠れてしまう。

「あぁ……。はっ!?　な、何でもないよ……。そ、それでこの子の名前ってつけたの？」

名前……そういえばまだ考えていなかったかも。

「まだならつけてあげるといいよ」

それもそうかと少し名前を考える。

「すら……、すら……」

どんな名前にするか悩んでいるとスライムが喜んでいるように地面の上で飛び跳ねていた。

「どうしたの？」

不思議に思ってスライムに聞いてみる。

するとリエットが代わりに答えてくれる。

「今の『すら……』というのが名前に聞こえたんじゃないかな？」

それを聞いて固まってしまう。

でもスライムが飛び跳ねて喜んでいるのを見てしまっては何も言うことはできなかった。

「ただ、正式にこの子を飼うなら一応ユーグリッド様の耳に入れておいた方がいいかも……。今は危険がないかもしれないけど、一応魔物だし」

「うん、それもそうだね。早速伝えてくるよ」

そのまま足早にユーグリッド邸へと向かおうとする。

すると後ろからリエットに呼び止められる。

「ごめん、シィルくん。今日のポーションをまだ買ってなかった」

そういえば自分もリエットに売るのを忘れていたな。

少し反省して、慌ててカバンからポーションを取り出す。

「はいっ、銅貨八枚ね」

リエットからお金を受け取ると大きく手を振ってからユーグリッド邸を目指し始めた。

スライムのスラを連れてユーグリッド邸へと向かっているとその道中でエリーと出会う。

「あっ、シィル様……とこちらは？」

スラを見て首を傾げてくる。

それを真似てかスラの方も体全体を傾けて……そのまま僕の肩から転がり落ちてしまう。

「だ、大丈夫？」

慌てて拾い上げると驚きのあまりスラは目を回していた。

急いでスラにポーションを飲ませる。するとすぐに元気になってまた肩へと戻っていった。

その様子を見てエリーはくすくすと笑っていた。

「可愛らしい方ですね。それに魔物なのに魔の力を感じませんし……」

どうやらエリーにもスラには少しも警戒する必要がないということがわかったらしい。

あとはミグドランドだけだ。

「それでも一応魔物だからミグドランドさんにも大丈夫か聞きに行こうと思うんだけど……」

「わかりました。お伴しますね」

ニッコリと微笑むとエリーは僕の隣に立ち、ゆっくりと歩き始めるのだった。

「そのスライムを飼いたいだと？」

ミグドランドにスラを見せると少し驚いたあとにため息を吐いてくる。

「うん、君には驚かされることが多いけど、まさか魔物をペットにしたいなんて言うとはね。まぁ既にドラゴンをペット扱いしてるから驚きはしないが……」

そして、少し考え始めるミグドランド。

その間、スラはテーブルに出されたお菓子をムシャムシャと食べていた。

「スラは私の方に来ててね。少し大切な話をしてるから」

エリーがスラを抱きかかえる。

危険はないと判断したのか、スラもエリーの腕の中でおとなしくお菓子を食べている。

「Sランクの『赤い星』のミリシアとエリー、二人が大丈夫と言ってるんだからな。おおよそ危険はないだろう。ただ一つだけ約束してくれ。その子やあのドラゴンが町を襲うようなことがあれば……」

「はい、それはわかっています」

もし、町を攻撃するならその時は討伐するということだろう。

そういうことにならないように気をつけないと、と気を引き締める。

「それにしても君のポーションは魔の成分を払う効果でもあるみたいだな」

「へぇー、ポーションにそんな効果があるんですね」

カバンから一本取り出すと、僕はそれを眺めて感嘆の声をあげる。

それを見てミグドランドは呆れ顔で首を横に振っていた。

無事に飼ってもいいという承諾を得られてよかった……。

宿代も稼がなくてよくなった分、のんびりと町を歩くことができた。

すると町の外から少し怪我をしたおじさんが歩いて来た。

軽い傷ならポーションで……。

そう思いスラを抱えたままおじさんに近づいていく。

「大丈夫ですか？」

「あ、あぁ……、いや、お前はポーション屋か。ちょうどいい、一本売ってくれ」

「とりあえずこれ飲んでください」

急いでポーションを渡すとおじさんはそれを一気に飲み干す。

「っぱー、やっぱ苦……っておっ？」

みるみるうちにおじさんの傷が治っていく。

それに驚きの声をあげるおじさん。

「では僕はこれで失礼しますね」

家の方に戻ろうとするとおじさんが慌てて手を掴んでくる。

「ちょ、ちょっと待て！　い、今の薬は？」

わなわなと震えながら空き瓶を目の高さに掲げている。

「えっと、ただのポーションですよ？」

このような質問をされるのはこれで何度目だろう？

鼻がしらをかき、少し呆れ混じりに言い返す。

「ただの？　いやいや、どう見てもこれがただのポーションのはずないだろ！」

おじさんが、傷があったところを見せてくる。

「どう見ても中級ポーションのはずだ！　い、いや、俺としては助かったが、こんな値段で売っていてはいいように扱われるぞ！」

おじさんはおじさんなりに心配してくれているようだった。

ただ、一つだけ違う部分がある。

「いえ、本当にただのポーションですよ。使ってる素材も薬草と水と癒やしの魔力だけですから」

これは特に秘匿されていないし、本で調べたらすぐにわかるようなことだ。

しかし、それを聞いてもおじさんは納得していない様子で首をひねり悩んでいた。

「まぁいいか。お前さんがそう言うならそうなんだろうな。ただ、俺のために言っているならそんな気遣いはよしてくれよ」

それだけ言うとおじさんは苦笑しながら去っていった。

最後にもう一度首をひねっていたのは完全に信じ切っていなかったからだろう。

それを見て僕は苦笑を禁じ得なかった。

閑話　おじさん

「うーん、やっぱりあのポーションはどう見ても中級ポーションっぽいよな？」

シィルと別れたあともおじさんは首を傾げていた。

「どうしたんだ？　頭を使うなんてランドルムらしくないじゃないか」

おじさんに話しかけてきたのはいつも行動を共にしているミューストン。

「お前ならわかるか？　普通のポーションの作り方を」

「ポーション？　使うのは薬草と水と癒やしの魔力だろ？　そんなこと常識じゃないか」

ミューストンがあっさり答えるのを聞いてランドルムはさらに首を傾げる。

「やっぱりそうだよな……。でもあのポーションは絶対中級ポーションだと思うんだが……」

「それなら飲み比べてみるのがいいんじゃないか？」

ミューストンの回答にランドルムはハッとなる。

確かにそれもそうだな。幸い今日稼いだ金がまだ残っている。これで中級ポーションとあの少年のポーションを買って飲み比べたらはっきりとわかるな。同じものかそうでないか……。

翌日、ランドルムは開店と同時に道具屋に駆け込んだ。

「親父、中級ポーションをくれ！」

「中級だと!?　何に使うんだ、そんなものを」

「なんだっていいだろう。ほらっ、金はあるんだ！」

ランドルムは中級ポーションの値段である銀貨四枚を道具屋のおじさんに手渡した。

「はぁ……、金を払うなら客だからな。持っていくといい……。ただ、これはそれなりの怪我でも治せる薬だ。無駄遣いするなよ」

「わ、わ、わかってるよ！」

上ずった声を聞いて道具屋のおじさんはまた無駄遣いかとため息を吐くが、ランドルムはそれには気づかなかった。

次にポーション屋のほうだが、町中で売り歩いているということもあってなかなか会うことができなかった。

しかし、冒険者ギルドの前までやってくると受付の少女と話すシィルの姿を発見する。

「ちょうどよかった。捜したぞ、ポーション屋！」

ランドルムとしては普通に声をかけたつもりなのだが、必要以上に驚き、飛び跳ねるシィル。

「あっ、昨日の……。どうかされましたか？」

おどおどとした様子で話しかけてくるシィル。

そんなに怖いかなとランドルムは乱雑に生えた自身のヒゲを掻きながらここに来た理由を話す。

「実はポーションを一つ買いたいんだ？　売ってくれるか？」

「も、もちろんですよ！」

シィルはまさかもう一度買ってもらえるなんて思っていなかったようでとても驚いていた。

急いでポーションを一つ出そうとして考え直す。

そして、数回頷いたあとに薬瓶を二つ取り出す。

「これ、サービスですよ。またご贔屓にしてください」

予想外の人に連日買ってもらえたことを喜んだシィルは少しだけサービスすることにした。

「そうだな。ポーションを買うときはここに寄らせてもらう」

ランドルムはそう言うとポーションの代金を支払い、二本のポーションを受け取った。

ポーションを買い終えるとランドルムは早速宿に戻り、中級ポーションとシィルのポーションを並べる。

基本的に見た目はそれほど違いがない。

といってもやっぱり横に並べるとはっきりとわかる。この二つは別物だろうと。

だが、それでもあの効果……絶対に中級のはずだと信じて疑わなかったランドルムは両方の瓶を開けると同時に飲んでいく。

するとその違いが見た目以上にはっきりとわかる。

中級ポーション……これは凄く苦かった。

シィルのものより数倍苦い。

そのせいでちょっとずつしか飲めないから治りが遅いのだろうか？

対するシィルのポーションはかなり飲みやすく後味すら残らない。

なるほど……、薬を飲みやすくすることで傷を治しやすくしたんだな。

一本一本飲んだ時には気づかないほどの違いだが、それでもランドルムはシィルのことをすごいやつだと認識するのだった。

第9話　伝説の冒険者の娘

最初に僕の家に来た日以来、アインが冒険者パーティーに勧誘してくることはなくなった。

それはいいけど、ここ最近毎日アインに会っていることが少し気になる。

「シィル、今日の夜は空いてるかい？　ちょっとした臨時収入が入ってね、よかったら一緒に食事でも行かないかい？」

冒険者ギルドにポーションを売りに行ったらアインと会い、彼がそう言った途端に周りの人が引きつった表情を見せていた。

すると突然後ろからエリーとリエットが僕の手を引っ張り、アインから遠ざける。

「ど、どうしたの？」

訳がわからない僕は二人の顔を見比べる。

「シィルくんはわからなくていいの！」

「敵はリエットさんだと思っていましたけど、まさかこんな所に伏兵がいるとは思わなかったです……」

事情は説明してもらえずに、助けを求める目をアインへと向ける。

しかし、彼も事情がわからず首を傾げていた。

「そうだ、せっかくだし二人もどうだい？　お金の心配はないし、いいお店を見つけたんだよ。ただ、一人で入りにくいところなのと、僕の仲間はちょっとあれでね……」

さりげなく指で指し示すアイン。

その先にいたのは、街道を通る女性たちをひっきりなしにナンパしているニーグと魔導具屋へ恍惚の表情を浮かべながら入っていくミリシアの姿であった。

確かに彼らと食事に行くのは大変そうだね。

僕は苦笑いを浮かべていた。

「そこで他に知り合いは、と思ってシィルが浮かんだんだよ。一緒に来てくれるなら大歓迎だよ」

手を差し伸べて満面の笑みを向けてくるアイン。

「ど、どうしようシィルくん。すごくいい人だよ？」

ふらふらとついて行きそうになるリエット。

しかし、我に返り一言だけ口に出した。

「でもシィルくんは渡さないよ!?」

「リエットさんにも渡しませんからね！」

そこでエリーとリエットが睨み合い始める。

それを見て僕は深いため息を吐いてしまった。

アインに連れられてやってきたのはこの町の中でも高価なものが置かれてる店が並ぶ貴族街近くの料理屋だった。

「こ、こんなところ本当にいいのかな……」

僕とリエットは少し恐縮しながらお店に入るが、エリーとアインはさも当然のようにいつもの感じで入店する。

「へぇー、中はよそと変わらないんだね……」

中は意外にも僕の馴染みの食堂とそう変わらない雰囲気であった。

ただ、料理の方は何があるのかもわからないのでアインとエリーに注文を任せる。

「それでアインさん、わざわざ僕をこんなところに誘うなんて何かあるのですか？」

いくら臨時収入があったからといってこんな貴族街にあるような高いお店へと誘うはずがない。しかもお金はアインが出すと言っている。

これは何か裏があるのではと考えていた。

するとアインはテーブルに肘をつき、手を顔の前に持ってくると悩ましげな表情で言ってくる。

「実はシィルに聞きたいことがあるんだ——」

やはり用事があったようだ。

自分にわかることだったらいいけど……。

さすがにお金まで払ってもらって何もわかりませんとは言いづらいよね。

「シィルはマリナスという人物を知っているか？」

マリナス……？　誰だろう、聞いたことないかも。

僕が不思議そうに首を傾げているとエリーが教えてくれる。

「たしか伝説の冒険者って言われている人ですね」

そうなんだ……。

僕は感心したように頷く。すると、アインは更に言葉を続ける。

「それでシィルが冒険者になりたくない理由ってやっぱりマリナスという人物が関係して……

いや、なんでもない。今の質問は忘れてくれ」

まずいことを聞いたとアインは少し顔を歪める。

アインは一体何を聞こうとしていたのだろう？

僕は不思議に思い、首を傾げていたが結局、なにも教えてもらえなかった。

「さぁ、飯を食おう」

気がつくと目の前には美味しそうな料理の数々が置かれていた。

たしかにこれを放っとくわけにはいかないよね？

今にもよだれが出そうになるのをこらえながら、料理に手をつけていった。

次の日、僕は珍しく一人でポーションを売って回っていた。

普段ならいつの間にかエリーがついてきて一緒に販売してくれていたのだが。ここ最近無理をしすぎたのか、エリーは体調を崩してしまったようだった。

体調は治ったと本人は言っていたが、さすがにすぐに連れて回る……なんてことはできないのでゆっくりと休んでもらうことにした。

「あれっ、今日はエリーさんはいないんですね」

エリーがいないとわかると男の冒険者たちは何も買わずに去っていった。

やはり彼女がいないと売り上げが悪いなぁ。

僕は少し落ち込みながらも、なんとかポーションが売れないかとさらに声をあげて歩く。

すると冒険者ギルドの前で何やら騒動が起きていた。

「ちょっと、どうして私がギルドに入れないのよ！」

赤髪の気の強そうな少女が受付のお姉さんに詰め寄っていた。

たぶん、問題は少女の年齢であった。

どう見ても二桁に届かないほどの年齢の少女が凄んでみせてもあまり怖くなかった。

「どうかしたのですか？」

ちょうど騒動を見守っていたリエットがいたので尋ねてみる。

「実は、突然あの子がギルドへやってきて、『私を冒険者にしなさい！』と言ってきたんだよ。ギルドは十五歳からしか入れないという規約があるから断ろうとしてるのだけど——」

少女が全く聞く耳を持たないわけか。

僕は少し苦笑しつつも当初の目的を果たそうとする。

「リエットさん、今日はポーションいりますか？」

「あっ、そうだね。今日ももらおうかな？」

ガサゴソとポケットからお金を取り出すリエット。

すると突然少女が僕を指さして言ってくる。

「あの冒険者に勝ったら私を冒険者にしてよね!?」

それほど強そうな冒険者が？

周りを見るがそこにいたのは僕とリエットだけ……。

そして、少女の視線は明らかに僕を向いていた。

ただ、それでも信じられない僕はゆっくりと周りを見てみる。でも、他に視線が向けられていそうな人はいなかった。

僕は自分に指さしながら聞いてみる。

「えっと、僕のこと？」

すると少女はしっかりと頷く。

「そうよ、あなたよ！　あなたでも冒険者になれるのなら私でもなれるわよ！」

少女はまたバシッと指さしながら言ってくる。

僕は冒険者じゃないのに……。

そのことを伝えようとした時にギルドの中からギルド長のライヘンが出てくる。

これでこの場は収まるだろう。

ホッとため息を吐く。しかし、それはギルド長の言葉で吹き飛んでしまった。

「勝負!?　いいね、それ。ただ、冒険者らしくルールを決めるべきだね。その辺りは私に任せてくれ」

胸のあたりをどんと叩くギルド長。そして、僕にサムズアップしてみせるが何が良いのかわからない。

僕はただただ唖然としてその様子を眺めていた。

それから少し悩んだあと、ライヘンが決めたルールはこれだった。

まず、冒険者らしくパーティーを組むこと！

これは確かに頷けることであった。冒険者は何人かでまとまって動くことがほとんどだった。

そう考えると個人戦よりパーティーによる戦いにするのはなんら不思議なことではなかった。

次に、対戦内容は依頼の中から選ぶという。

同じ依頼を請け負って先にこなした方が勝ち……。

わかりやすいと同時にこれなら勝ち目があるとホッとした。

「ルールはこんな感じでいいか？　そして、マナが勝てばマナのギルド入りを認める。逆にマナが負ければギルド入りは諦めてもらう」

それを聞いてマナと呼ばれた少女は小さく頷いた。

「ふん、マナが負けるはずないでしょ！」

どこまでも強気なようだ。ただ、こんな少女相手に難しい依頼は選ばないよね？

僕はなるべく簡単な依頼で……という気持ちを込めた視線をライヘンに送る。すると、それがわかったようで頷いてくれた。

「それでは対戦内容は明日に発表するとしてそれまでにパーティーメンバーを決めてくれ。一応人数は四人までだ。あとシィル君は少しだけ残ってくれるか？」

「わかりました」

そして、マナは急いでメンバーを探しに町へと向かっていった。

「すまなかった……、あの子に規定の歳まで冒険者になるのを諦めてもらうとしたらあれ以外に手はなかったんだ……」

　ライヘンは僕と二人だけになるとすぐに頭を下げてきた。

「あれ以外って僕はそもそも冒険者じゃないんですよ？　ただのポーション売りに依頼がこなせると思ってるのですか？」

　ここになら自分以上に頼りになる冒険者たちがたくさんいる。彼らの力を借りればなんとかすることくらい簡単ではないのだろうか？

「いや、勝負を確実なものにしておきたかったんだ。君ならこの町の最高の冒険者である彼を誘えるだろう？」

　最高の冒険者と言われて、僕が思いつくのは彼しかいなかった。

『赤い星』のアイン。Sランクの彼が力を貸してくれるのなら何も言うことはない。

　問題があるとすればどうやってその力を借りるか……というところだが、ここ最近、最も彼と親しいのはおそらく僕であった。

「わかりました。アインさんに声をかければいいのですね」

「頼む。報酬(ほうしゅう)の方はギルドの方で支払うと伝えてくれればいい」

　たった一人の少女のためにどうしてそこまでするのだろうと疑問に思ったが、ライヘンはもう話は終わったと言わんばかりに何も答えてくれなくなる。

「わかりました。では僕も行きますね」

ライヘンに一礼だけすると僕もギルドを出て行った。

さて、アインを誘うにも彼はどこにいるんだろう？

これまで僕から会いに行ったことはなく、いつもアインの方からやってきていた。なのでアインがどこに住んでいるかとかも一切知らなかった。

捜さなくてもそのうち向こうから会いに来てくれるだろうけど、今回はあまり時間がないからなぁ。

「どうしたんだい？　何か思い悩んでるみたいだね。僕でよければ相談に乗るよ？」

「そうですね、実はアインさんが……って、アインさん!?　ど、どうしたのですか？」

どうやって会うか悩んでいる中、突然現れるアイン。

それには流石に僕も驚きを隠しきれなかった。

「いや、どうしたってシィルが悩んでるみたいだったからね」

確かにそれもそうか……。

僕は大きく深呼吸をして、気持ちを落ち着けると当初の目的を果たすことにする。

「実はアインさんにお願いがあるのですよ……」

「よし、引き受けよう！」

即答するアイン。

「いえいえ、内容を聞いてから判断してくださいよ？」

「そ、それもそうだな……」

あまりに早まった返事に少し驚いてしまう。

そして、アインに先ほどあったことを説明する。

「なるほどな」

「どうして冒険者でない……ただのポーション売りの僕に言ってきたのかはわかりませんが」

「その理由は簡単だな。多分ギルド長は冒険者でないものに負けるようならさすがに冒険者にすることはできない……という方向へ話を持っていこうとしてるんだろうね。そこで冒険者でなく、かつ、信頼できる君に頼んだということだね」

信頼できる……は言い過ぎかもしれないが考えてみるとそうかもしれない。ただのポーション売りに負けた……となると諦めがつくかも。

僕は理由がわかると腕を組んでうんうんと頷いた。

「それで力を貸してくれますか？」

「ああ、お安い御用だよ。それにこの件はどちらかといえばギルド長の依頼みたいなものだな。それならあと二人も僕の仲間に聞いてみようか」

「お願いできますか？」

Sランクの彼らが手を貸してくれるならまず負けることはないだろう。

しかも残り二人にもアインが声をかけてくれるならこれでパーティーメンバーを集める必要もなくなる。

少し安心した僕は何度もお礼を言う。

「いや、気にしなくていいよ。僕と君の仲じゃないか」

片手をあげて去って行くアイン。

あと二人の勧誘については彼に任せて、僕はポーション売りに戻った。


翌日、ギルド前でアインたちの到着を待つ。

するとようやくやってきたアインがいきなり頭を下げてくる。

「ごめん、シィル。ニーグだけがどうしてもダメだったよ」

まぁ昨日の今日だもんね。何か予定があったらしかたないか。

「いえ、気にしないでください。僕の方も無理に頼んだわけですから」

でも人数があと一人足りないのか……。Sランクの二人がいれば問題ないとは思うけど……。

顎(あご)に手を当てて少し悩んでいると、そんな僕の側(そば)にエリーがやってくる。

「それなら私が手伝いましょうか?」

もう体調はいいのだろうか?

という疑問は残るものの顔色はよく、見た感じ元気そうなので問題はないようだ。

「うん、ありがとう。ただ無理はしないでね。何かあったらすぐに休んでくれていいから」

エリーが頷くのを確認する。その後、アインたちの方を見ると彼らも頷いてくれていた。彼らもエリーが加わることに反対ではないようだった。

これでなんとか四人……。相手のマナは一体どんな人を連れてきたのだろうか？

僕はマナがいる方を見る。するとそこに立っている一人は見知った顔だった。

「なんでニーグがそっちについてるんだ⁉」

アインが驚きの声をあげる。一方のニーグは前髪をかきあげ、白い歯を見せつけながら言ってくる。

「なぜってお嬢さんに頼まれたからさ。先に頼まれた以上、断るわけにはいかないよ」

「……そう。なら遠慮はいらないわね」

小声でミリシアが呟く。その目の奥は笑っていないようだったが、ニーグは全く気づいていなかった。

「あははは……、ま、まぁ彼はミリシアに任せるよ。あとのメンバーは問題なさそうだね」

アインは苦笑しながら二人が睨み合っているのを眺めていた。するとライヘンが僕たちの方にやってくる。

「両者、皆揃っておるな。ではこれからやってもらう依頼を発表しよう」

ライヘンが掲げた紙を食い入るように見つめる。そこにははっきりとこう書かれていた。

『薬草の採取。量はあればあるほど良い』と……。

あれっ？　依頼ってそんなことだったの？

それなら自分にもできそうだとホッとする。

アインたちも「昔はよく採る量で競い合ったな」と懐かしんでいた。

しかし、ただ一人顔を真っ赤にして憤慨してる人物がいた。

「な、なんでそんな依頼なのよ！　冒険者と言ったら普通は魔物討伐でしょ！」

ライヘンに詰め寄るマナ。しかし、彼は涼しい顔をしていた。

「魔物の討伐はギルドの中でも実績のあるパーティーか数で攻めるかのどっちかをとるに決まってるだろう？　もし討伐に失敗してしまうとどれだけ被害が出るかわからないからな」

確かにライヘンの言っていることはもっともだなと感心する。しかし、マナはそれでも納得できないようで食い下がる。

「だいたい薬草採取でまともに競えるはずが……」

「やってみるといいよ。すぐにわかるから」

「……それもそうね。私が勝てばそれでいいんだもんね」

渋々だがようやく食い下がるのをやめる。それを他の人たちは苦笑いと共に眺めていた。

町の外に出ると早速、薬草採取を始める。

薬草だったら僕の家や、今はすっかり普通になった教会にも生えているのだが、今日は勝負ということもあって町の外へとやってきていた。

毎朝している薬草採取がこんなところで生かせるとは思わなかった。

でも……。

目の前の薬草でいったい何本ポーションが作れるだろうと考えたらついついカバンにしまいたくなる。

い、いや、そんなことをしていたら負けるかもしれないよね。

涙を呑んで薬草だけはカバンに入れなかった。他の素材は入れてしまったが。

「ミリシア、お前には負けないぜ！」

「……それはこっちのセリフ」

ニーグとミリシアはお互い競い合ってかなりの量の薬草を採取している。それに苦笑しつつアインもどんどんとその量を増やしていった。

「なんで私がこんなことを……」

ぐちぐち言いながらも薬草を採る手は緩めないマナ。ただその速度はあまり速くない。あまりやり慣れていないのかもしれない。

ただ、それ以上にエリーはゆっくりとした動きだった。

まぁ昨日まで寝込んでいたんだし、あまり無茶されても困るか……。そのぶん僕たちが頑張ればいいよね。

僕も気合いを入れて薬草を採取していく。

そうして、それなりの量を採取していたら、気がつくと町から少し離れてしまっていた。

「そろそろ戻りますか？」

日も暮れ始めたのでそう提案する。そのカバンの中にはすでに入りきらないほどの薬草が見え隠れしていた。

勝負用の薬草が持ちきれないほど集まったので、残りは自分のカバンにしまっていたのだ。

「うん、そうだね。僕たちはそろそろ引き上げようか。ミリシアも異議ないよね？」

アインが聞くとミリシアは小さく……しかし、得意げに頷いた。

「お、俺はまだ……いてててっ」

まだ採取を続けようとしたニーグはミリシアに頰を引っ張られていく。それにつられるようにマナパーティーの残り二人の冒険者も帰っていく。しかし、マナだけは帰ろうとしない。

「まだよ。まだ……」

それもそのはずだ。

目に見えてわかるほど僕たちとマナたちの採取量に差があった。それは僕が自分用の薬草を抜いているにもかかわらず……。

「もう結着はついたよ、戻ろう」

僕はマナに告げるが、彼女は脇目も振らずに薬草を採取していた。

「まだ帰らないわ！　私は負けるわけにはいかないもの……」

彼女にも何か事情があるのかもしれない。

「うん、それなら気がすむまで採取しようか。すみません、アインさんたちは先に帰ってもらえますか？　一応ギルド長には僕とこの子が残ってることだけ伝えてください」

「あ、あんたも残らなくていいわよ！」

マナは顔を真っ赤にして断ってくる。しかし、日が落ちたあとこの辺りは真っ暗になってしまう。さすがにそんなところにこの少女を一人残すことはできなかった。

「いえ、僕ももう少し採取したかったんですよ……もちろん自分用の薬草なので勝負には関係ありませんが」

「そう……、なら勝手にするといいわ」

マナが承諾してくれたので、僕はアインたちに目配せする。

「わかったよ……。あとのことはよろしくね」

それだけ言うとアインたちは町へと戻っていった。が、ただ一人、エリーだけはその場に残っていた……。

「どうしたの？　エリーも先に帰っていいよ？」

「いえ、私もまだ残ります。辺りが暗くなってきたら明かりをつける人がいりますよね？」

そう言って指先に光魔法で明かりを灯すエリー。それを見た僕はしょうがないなといった感じで頷いた。

「なんでつきまとうのよ！　ただギルドの近くで目に入った中で弱そうな人を選んだだけなのに……」

マナは悪態をつきながらも薬草を採取していた。

そして、しばらくすると辺りがすっかり暗くなり、エリーの明かりなしにはなにも見えないくらいになっていた。こうなるとエリーが本当にありがたくなってくる。

「さすがにそろそろ戻らない？」

「まだ帰らないわよ！　あんた一人先に帰ればいいわよ」

ツンケンとした態度で接してくる。しかし、僕は何も言わずに隣で同じように薬草を採っていた。

もしここで帰ると言ったらマナは困っていただろう。それがわかっていたので僕はただ無言で薬草を採り続けた。その様子にマナはホッとしつつそれを顔に出さないようにしながら薬草探しを続けていた。

「どうしてそこまで冒険者にこだわるの？」

それはおそらく何げない質問だった。ふと僕の口から飛び出したその言葉……しかし、マナはそれで昔のことを話してくれた。伝説の冒険者とまで言われた自分の祖父がいなくなるその日のことを……。

そっか……。この子は伝説の冒険者の孫なんだ……。だから冒険者になりたがっていたんだ……。

「マナは……マナは……おじいちゃんがいなくなった時から、代わりにマナが冒険者に……伝説の冒険者になるって決めたの」

感極まってマナの目に涙が浮かぶ。それを見て僕は考え込むように口に手を当てていた。

「その伝説の冒険者ってマリナスって人だよね？」

ようやく絞り出した言葉がそれだった。マナは小さく一度頷いた。僕はさらに悩み出す。そして何度も自分のカバンの方へと目をやっていた。

「これだけあれば……うん……」

少し悩んだが、決意を固めて強い目をマナへと向ける。

「あの……、これを――」

自分のカバンを差し出そうとしたその時、エリーが声をあげる。

「シィル様、魔物が！」

少し慌てた様子のエリー。彼女の指差す方向には狼型の魔物であるウルフが一体いた。アインたちが倒したウルフの集団の一体が生き残り、さまっていたのだろう。でもただのウルフならとエリーは手を前に出し、僕はポーションを取り出す。

「僕たちができるだけ時間を稼ぐからその間に逃げて！」

それだけ言うとエリーの方へと走った。

「ファイアー!!」

エリーは炎の魔法を唱える。差し出した手から手のひらより少し大きいサイズの火の玉が飛び出し、それがまっすぐウルフめがけて飛んで行った。ただ、その直線的な軌道はウルフも簡単に避けられることを意味していた。

それを余裕でかわすウルフ。そのまま僕たちめがけて駆け出してくる。

魔法使いと戦えないポーション売り……。

「ここで逃げたらマナは一生冒険者を名乗れないの!!」

マナは震える体に活を入れて、まっすぐウルフへと駆け出していく。

さすがにこの行動は予想外だった。なんとかフォローしようと動き出すが、反応が遅れたせいでマナが先に魔物へとたどり着いた。

「喰らええ!!」

グッと足を踏みしめて気合いのこもった拳をウルフのお腹に食らわせる。さすがのウルフもその一撃をまともに浴びてしまう。

　しかし、冒険者になるために体を鍛えているとはいえ、少女の拳はウルフにろくなダメージを与えられなかった。しかも、それがウルフの癪に障ったようでそのまま長い爪でマナの体を引き裂いてくる。

「ぐっ……」

　燃えるような痛みがマナを襲う。そして、その場に倒れてしまう。

　だが、その隙をついてもう一度エリーが魔法を唱える。

「ファイアー!!」

　反応が遅れたウルフはその火球に身を包まれる。

「ぐるぁぁぁぁ!!」

　ウルフは最後の力を振り絞り、大きな咆哮をあげ、そのまま絶命していった。

　そして、僕は慌ててマナの側に寄る。

「気休めにしかならないかもしれないけど、ポーションをかけるよ!」

　それだけ言うと直接傷口にポーションをかける。暖かく優しい光に覆われるマナ。

「あれっ、この感じは以前どこかで……。あっ、そうだ。以前自分が大怪我した時におじいちゃんが持ってきた薬……、あの感覚に似てるんだ……。そんなものが使えるってことはこの人はおじいちゃんの知り合い？　となるとおじいちゃんが本当に伝えたかったのは冒険者として名をあげることじゃなくて人を救う人物になれということだったの？」

薄れる意識の中でマナはそんなことを呟いていた。その頬には一筋の涙が流れていた。

その後、意識を失ったマナを僕の家へと運ぶとベッドに寝かせてその様子を眺めていた。やがて僕もウトウトし始め、眠りに落ちてしまう。

そして、翌朝。マナの声で目が覚めるのだった。

「あれっ、ここはどこ?」

ようやく目を覚ましてくれたマナ。もうすっかり元気になったようでホッとする。

マナはウルフに切り裂かれたお腹のところをさすっていた。そこはすでに傷一つなく完治していた。

「すごい……」

思わず感嘆の声をあげるマナ。その頬は赤く染まり、呆けたように僕のことを見てくる。

だけど、すぐにそれを隠そうとそっぽを向く。

「あれっ?」

マナが自分のカバンに目を向けて疑問の声をあげる。そこには昨日の夜、僕が採取した薬草も加えられ山盛りになっていた。

マナは目を拭うと何かを決心したように大きく頷いていた。

せっかくだし朝食も食べていけばよかったのに……。

あのあと完全に目を覚ましたマナはすぐに家を飛び出していった。

仕方ないので手持ち無沙汰な僕はポーションの作成に励む。

そして、ポーションを作り終えるとそのまま冒険者ギルドへと向かう。するとギルドの前でいつものごとくリエットが待っていた。彼女は僕の姿を見ると小走りで近づいてくる。

「シィルくん、昨日の結果が出てるよ。聞きに来る？」

僕がポーション用にと採取していた薬草は全てマナのカバンに入れていた。それを合わせたら聞かなくてもあのマナって子の勝ちってことはわかっていた。

まぁ結果くらいは聞きに行ってもいいな……。

リエットに続いて僕もギルドの中へと入って行った。


ギルド内にはすでにアインたちやエリー、マナの姿があった。あとは発表を待つだけ……といった感じである。

するとギルドの奥からライヘンが現れる。

「よく集まってくれた。皆たくさんの薬草を集めてくれて助かったぞ。これでしばらく不人気な薬草採りの依頼を出さなくても……いや、何でもない」

つい口を滑らせてしまったライヘンに僕は苦笑を浮かべる。

あまり冒険者っぽい依頼じゃないから不人気なのも仕方ないね。

「では結果を発表しよう……」

意味深に間を置かれる。腕を組み、ジッと言葉が告げられるのを待つ。

ただ、マナが採取していた薬草に僕が持っていた薬草を加えたから彼女たちの勝ちになるはず……。

目を閉じてそう言われるのをジッと待つ。しかし、ギルド長から告げられたのはまったく違う結果であった。

「僅差ではあるが、この勝負はシィル君たちの勝ちだ！」

その結果に僕は驚かされた。ただ、当のマナはこの結果は当然と受け入れているように見える。

「えっと……、どういうこと？　僕の薬草を加えても足りなかったの？」

困惑する僕。すると、マナが僕に近づいてくる。

「マナはまだ力不足だったみたい。おじいちゃんの考えをちゃんと理解していなかったもの。もっと自分に自信が持てるようになってからまた勝負してくれる？」

手を差し出してくるマナ。そこには僕が渡した薬草が一葉握られていた。

どうやらこの薬草は採取してきた分として提出しなかったようだ。

マナと薬草を何度も見比べて、ここは受け取るべきかなと判断した僕はそのまま薬草を手に取る。

「うん、その時はまた相談に乗ってあげるよ。ただ、僕は冒険者じゃないから……その……勝負は勘弁かな」

昨日、ウルフが出てきたことを思い出し、少し苦笑いする。それを見たマナは微笑み、手を上下に振ってくる。

「どうしたの？」

「少ししゃがんでくれる？」

マナは顔を赤くしながら言ってくる。

何をするのだろうとマナの目線の高さまで腰を落とすと彼女はゆっくり近づいてくる。

そして、頰に感じる柔らかな感触……。

「あっ……!?」

「うそっ……!?」

エリーとリエットが驚きの声をあげる。僕はその感触を受けた頰に触れ、ゆっくりと顔を染める。

マナも真っ赤な顔をして、両頰に手を当てていた。

「色々とありがとうね。これはお礼だから！」

お礼という部分を強調して言ってくる。

「あ、うん、そう……だよね。あはは……」

思考が追いつかず、ただ乾いた笑みを浮かべる。するとまるで見せつけるかのようにエリーが僕の腕を取ってくる。そしてマナに声をかける。

「これからどうされるのですか？」

一応エリーなりに心配しているのかもしれない。確かに住んでいるのはこの町ではなさそうだ。しばらくこの町にいながらマナのことを知らなかったのはそれが理由かな。

「うーん、もう少しこの町にいようかな？　色々と学びたいこともあるからね」

マナは少し目を細めて僕のことを見る。

ただ、そうなるとお金を稼ぐ方法が必要になるよね？

「それならうちで働かない？　冒険者になるのは規定で十五歳からだけど、ここなら他にも仕事あるよ。そっちなら大丈夫ですよね？」

リエットがライヘンに確認を取る。

「確かにそうだね。今ならちょうど給仕の人を募集しようとしていたんだ。それでよかったらどうだい？」

給仕……。あぁ、ここは酒場も兼ねてるからお酒を配ったりするのか。確かにそれなら年齢に関係なくできるし、お金ももらえる。

「どうしよう？」

少し迷うマナが横目で見てくる。意見を求めているのかもしれない。

そう感じた僕は自分なりの考えを伝える。

「せっかくだからやってみたら？　ここならいろんな冒険者の人が来るし、仲良くなっておくと後々役に立つよ」

「そう……それならやってみようかな」

マナが乗り気になってくれる。

これでこの件は解決かな？

なんだかただのポーション売りの僕が変に動いてしまったけど、結果的にいい方向で解決してよかった。

憑き物が取れたような笑みを向けるマナを見て僕はどこかホッとしていた。

第10話 平穏

マナの騒動のあと、なぜか僕のもとには薬草採取の依頼が舞い込んでくるようになった。

ただ、ポーション売りを止めるつもりはなかったので、そのついでにこなせる最低限だけを行っていた。

そして、今日もギルドの前にやってくるとリエットが掃除をしていた。

「今日も精が出るね」

「あっ、シィルくん。今日も頑張ってるね。それじゃあ今日ももらえるかな？」

銅貨八枚を受け取るとポーションを渡す。

最近はずっと僕からポーションを買ってくれているリエット。ありがたいけど、そんなに毎日買っていいのかなと不安にも思う。

「僕としてはありがたいけど、そんなに買ってもらって本当にいいの？」

「うん、私も助かってるよー」

「あっ、シィル、来てくれたんだなー。こっちにどうぞー！」

中からエプロン姿のマナが腕にしがみついてきてギルドへと引っ張っていく。

「もう、勝手に……」

頬を膨らませながらリエットも追いかけてくる。


中に入ると僕は厨房に一番近いテーブルへと連れてこられた。

「ちょっと待っててね。今料理を持ってくるから……」

「い、いや、僕は注文なんて……」

「お金は気にしないで。私のおごりだからね」

マナは笑顔を見せると厨房の方へ小走りでいく。

いやいや、そういうことが言いたいんじゃないんだけど……。

「ごめんね、シィルくん。マナちゃんにはあとから言っておくから……」

「いや、大丈夫だよ」

前の強気な態度はすっかりなくなり、楽しく働いているようだった。

元気に笑顔を振りまく今の彼女の方が生き生きとしているように見えるので、結果よかったかなと感じていた。

「うわっ、焦げる、焦げる！」

いきなり厨房のほうからから不穏な声が聞こえる。ただあまり考えたくないのでそちらは無視しておく。

「そうだね。何か別の目的ができたみたいだから結果的に良かったよね……」

リエットが厨房の方に視線を向ける。

「塩と砂糖間違えちゃった！」

でも、すぐに視線を僕へ戻した。

本当に食べられるものが出来上がるのか心配になってくる。

それからしばらく待つと息が上がり、エプロンは調味料で汚れきったマナが小さくはにかみながら料理を持ってきた。

「えへへっ、少し失敗しちゃった……」

持ってきたお皿には少し黒く焦げた卵焼きのようなものが置かれていた。

「さすがにこれは食べられないよね。また作り直してくるから……」

慌てて（あわ）てお皿を下げようとするマナ。

僕にいいところを見せようと頑張ってくれたのは間違いない。それなら僕が取るべき行動は——。

目の前のお皿とマナを見比べて覚悟を決める。

フォークを掴（つか）み、マナが作ってくれた卵焼きに手をつける。

小さく切り分け、その一欠片を口へ運ぶ。

一部焦げた部分が苦味を感じさせるが、それ以外の部分はおかしくない。少し味付けが濃いような気もするが、気になるようなレベルではないし、マナの歳を考えると十分すぎるほどの出来であった。

「うん、少し焦げてるけど味は大丈夫だよ」

僕が感想を伝えるとそれまで息を呑んで見守っていたマナはパッと花が咲いたような笑みを見せる。

「ほ、本当に!?　だって少し焦げちゃったし味付けも失敗したかもって……」

「うん、全然食べられるよ。美味しい……」

そのまま残りの分も食べてしまう。するとマナは本当に嬉しそうな顔をしてお皿を片付けてくれた。

それを見ていたリエットが肩を叩いて言ってくる。

「優しいんだね」

リエットはニヤニヤ微笑みながら、それでもその表情はどこか嬉しそうだった。

「そんなことないよ。本当に美味しかったからね」

そう言うと僕は席を立ち、ギルドを後にした。

ギルドから出ると周りをキョロキョロと見回しているアインたちに出会う。

彼らは僕を見つけると、嬉しそうに側に近づいてくる。

「よかった、シィル、ここにいたんだな」

「どうかしましたか？」

何か心配している様子だったので聞いてみる。

「いや、なにも聞いてないならいいんだ。それより、ポーションを売ってもらってもいいだろうか？」

アインがポーションを買っていくようだった。いつもはミリシアが回復魔法を使ってくれるのでポーションは必要ないようだった。

「珍しいですね、それほど大変なところに行くのですか？」

「まぁ数日で帰ってこれると思うが、大変だろうな」

僕がポーションを取り出すとアインは袋から金貨一枚を取り出す。

「えっと……おつりですね」

さすがに金貨で支払われることはほとんどなかったので僕は財布代わりの小袋を取り出しておつりを数え始めていた。

「いや、おつりはいいよ。そのかわりニーグとミリシアの分のポーションも頼めるか？」

もう二本追加してくれるアイン。

それでもだいぶ余るんだけどね……。

僕はポーションを取り出し、それをそれぞれ二人に手渡す。

「やっぱりおつりを……」

「いや、それで昼でも食べてくれればいいよ」

頑なにおつりを受け取ってくれようとせず、それは逆に僕の小袋に押し込まれてしまう。

「今後も贔屓にさせてもらうからね」

アインは軽くウインクをするとそのまま仲間と共に町の外へ向かって大通りを歩いて行った。

一体何をしに行くのだろう？　やっぱりSランク冒険者だから忙しいのだろうか？

僕はアインたちを見送ると次は薬草採取に向かうことにした。

アインたちのおかげで懐はかなり潤った。また戻ってきたらポーションを渡してあげないとね。

そう思いながら教会で薬草を採取していく。

「なんだか楽しそうね」

しゃがみ込んで薬草を採っているとアメリーが声をかけてくる。

「うん、今日は良い金額でポーションが売れたからね」

「もちろんそうよね。あれだけの薬が作れるんだもの。金貨数十枚とってもおかしくないわよ」

アメリーがとんでもないことを言ってくる。

「いやいや、僕の売ってるのは普通のポーションだよ？」

「ただのポーションでも加護があれば変わるでしょ？」

加護？　そんなものを持ってるはずないけど……。

「どうやったら加護って調べられるの？」

「うーん、人間で調べるとなったら大神官とかそういった人にしか調べられないかも……。シイルって知り合いにそういった人いる？」

さすがにそこまでえらい人の知り合いはいない。

僕が首を振るとアメリーが残念そうにする。

「そう……、私も調べることはできるんだけど当てにはならないからね。だから他の人にも見てもらいたかったんだけど……」

「ううん、ありがとう。僕がそんな加護を持ってるかもしれないってわかっただけ嬉しいよ」

ただ、今までの生活を見返してみてどう考えても僕のポーションは普通のポーションだとわかる。

それともこの世界に来て僕のポーションの効果が上がった？

いや、そんなことないよね。作り方は同じだし。

そう思い直し、僕は薬草の採取を終えたあとポーションを作っていった。


ポーションをカバンにしまったあと、僕は家へと戻っていく。

家の前にキュピとエリーがいた。

「シィル様がどこに行かれたのか知りませんか？」

「キュピー？」

「そうですか、ではここで待たせていただきますね」

怖がる様子もなくキュピと話をするエリー。

というか普通に話してるけど、エリーってキュピの言葉がわかるの⁉

それなら僕にも教えてほしいんだけど……。

ただ、子ドラゴンであるキュピとその前に座るエリー。なんだか絵になるなぁ……。

そんなことを思いながら彼女の前に出て行く。

「ただいま。エリーも来ていたんだね」

「シィル様、おかえりなさい。シィル様と今日はお会いできなかったので直接来させてもらったのですよ」

そういえば確かに今日は会ってないね。

「それじゃあうちの中に入ろうか。お茶でも出してあげるよ」

「はいっ」

嬉しそうな笑みを見せるエリーと一緒に僕は家の中へ入って行く。


エリーを食堂に案内し、僕はお茶を淹れて運んでいく。

するとエリーは興味深そうに聞いてくる。

「この家はシィル様が自分で見つけてこられたのですか？」

「えっ、うん、そうだけど？」

どうしてそんなことを聞くのだろうと不思議に思いながらエリーの前にお茶を置く。

すると彼女はお礼として軽く頭を下げてくる。

「とてもシィル様らしい落ち着いた感じがしますから……。でも一人でここに住まれていて寂しくないのですか？」

あまり考えたことがなかったけど、確かにここに僕とキュピだけだから広すぎるかもしれないね。

でも、そうは言っても他に一緒に住むような人はいない。

「一緒に住むような人がいないですからね」

「そ、それなら私が――」

エリーが何かを言おうとする。しかし、口をつぐませていた。

「そうですね……、まだ一緒に住むには早いですもんね。それにこの言葉はシィル様から言ってもらいたいですから……」

小声で何かブツブツと言ったあとに笑顔で振り向いてくる。

「大丈夫？　なにかあった？」

一応エリーのことを心配する。

「いえ、大丈夫ですよ」

エリーはただ笑みを浮かべて微笑むだけだった。


エリーが帰っていったあと、僕はキュピと一緒に庭に出て遊んでいた。

キュピもドラゴンとはいえ、まだ子供なので遊び足りないようで、たまにこうしてつきあってあげると嬉しそうに微笑んでくれる。

それを見ているとなんだか一日の疲れが癒えていくように思えた。

ただ、キュピと二人だけは寂しいよね……。もう少し一緒に住んでくれるような人を探してみてもいいかも……。

幸いなことに部屋は余ってるもんね。

そうなると問題は誰を誘うか……。

改めて考えてみると僕って知り合い少ないね……。

なんだか少し寂しくなってくる。

一緒に住んでくれそうな人と考えると宿を取っているアインたちだが、このタイミングに限って彼らはどこかへ出かけてしまった。

あとはみんなこの町に住んでる人たちだし……、仕方ないよね。

でも、できたらそのうち誰か一緒に住んでくれる人が欲しいな……。

僕はたくさんの人に囲まれて生活することに憧れながらキュピと遊び続けた。

第11話　王子達の来訪

それから数日が過ぎた。
僕はいつものように冒険者ギルドへと足を運んでいた。
そのタイミングでギルド長のライヘンが奥から慌てたように飛び出してくる。
ただ、僕の姿を見てどこかホッとしたように近づいてきた。
「ちょうど良かった。今からシィル君に会いに行こうとしていたんだよ」
そう言いながら握りしめていた紙を広げてくる。

グルーラ町ギルド長、ライヘン・ミュルッツ殿
王国第一王子と第二王子、第一王女がそちらの町へ訪問されます。
王都ギルド長、ミュードリア・ガンマー

書かれている文字は少ない。ただその重みは僕にもはっきりと伝わった。

それでもどうしてそれを自分に見せるのか……それだけが理解できなかった。

「なぜ、これを僕に？」

「いや、何かあった時のためにポーションを確保しておいてほしい。数十本……いや、百を超えたとしてもその全てをギルドで買い取ろう」

そうか、相手は一国の王子や王女……。何かあった時のために……怪我を治療する手段がいるんだな。

それなら僕にも協力できる。

小さく頷くと、満足そうに言葉を続ける。

「あとは……、今日はエリー様とは一緒じゃないんだね。彼女にもこのことを伝えておいてくれるか？　別ルートですでに聞き及んでいるかもしれないが、念のために……」

確かに貴族であるエリーの家族にも伝えておかないといけないね。

「あとは……そうだ！　アインたちにも声をかけないと！　シィル殿も彼らを見つけたらここに来るように声かけを頼むよ」

「はい、わかりました。それでは僕はもう行きますね」

やっぱり誰でもできるようなことだった。それでわざわざ僕を捜していた理由は気になるが、用事のある人全員の知り合い……とかそのくらいの理由だろうな。

まずはエリーの家だよね。

やることを思い返しながらギルドを出ていった。

エリーの家に行くために貴族街の方へとやってきた。

ここには一体何部屋あるのか考えもつかないような豪邸がいくつも建ち並んでいる。街道も街灯が並び綺麗なタイルが敷き詰められ、高級感あふれる佇まいであった。

その中でも特に大きな屋敷、そこがエリーの家であった。

「さすがにここは居心地が悪いなぁ」

少し早足でまっすぐエリーの家へと向かう。

そして、たどり着くとノッカーを叩き、中にいる人を呼ぶ。

「はい、どちら様でございますか？」

中からは執事のリングリッドが出て来る。

「おや、シィル様でございましたか。こちらにどうぞ。すぐに旦那様をお呼びしてまいりますので」

そう言うとそのまま応接間へと案内される。

柔らかなソファーと高級そうなテーブル、そして、壁には男の人の肖像画が何枚も掛けられていた。

そこでくつろいでいるとメイドの人が飲み物とお菓子を持って来る。

飲み物の方は冷えたレモン水。お菓子はクッキーだった。

初めは緊張して手もつけられなかったそれだが、慣れてくると何枚も食べてしまう。

「よく来てくれたね。今日はポーションを持ってきてくれたのかい？」

手を広げ歓迎してくれるミグドランド。

「いえ、今回はギルド長に頼まれた用件です」

「ふむ、王子様たちが来ることかな？」

やはり事前に知らせてあるようだ。

「はい、そうです。念のために伝えておいてほしいと」

「あいわかった。ただ、王子様たちがその……少し……なんというか……国王様は聡明な方なのだがな」

王子たちについては言葉を濁すミグドランド。

さすがに会ったことのない僕はそうされてしまうとどんな人物かも想像できない。そもそも会うこともないけどね。

「とりあえずお伝えいたしました。それでは僕は失礼しますね」

ミグドランドに頭を下げると僕は館を出ていった。

「次はアインさんたちだけど……、どこにいるかわからないな」

いつも唐突に現れるので、多分今回も声をあげたら出てきてくれるのじゃないかという期待があった。しかし、今日は誰も現れなかった。

「あれっ、おかしいなぁ？　いつもならここらでアインさんが出てくるのに？」

まぁ彼らもSランク冒険者だ。忙しくしてる方が普通だよねと納得することにした。

あとは……ポーションを作ろうかな。素材もあることだし。

ただ、ポーションを入れている瓶が数少なくなってきている。そろそろ買い足しておかないと駄目かもしれないね。

僕はまず瓶を扱っているガラス屋へ向かうことにした。

中央から少し北に行った先……、大通りに面しているところにガラス屋はあった。

店内には色とりどりの瓶などが置かれている。

ただ、入れるものは一番安いポーション……ということもあって購入するのは中身がはっきりと見えない不透明な瓶だ。

「すみません、いつもの瓶を百本ほど欲しいのですけど」

お店に入るとカウンターに座るおじさんに言う。しかし、店内にはそれほどの量の瓶は置かれていなかった。

「百本となるとすぐには無理だ。時間をいただくことになると思うがそれでもいいか？」

おじさんは聞いてくるが、さすがにそれほど時間があるわけでもない。

僕は少し思い悩む。

多少高くなるが、どんな瓶でもいいから百本揃えてもらうか、それとも時間がかかるけど、いつもの瓶を待つか……。

最終的に出した結論は瓶ができるのを待つ……だった。

別に明日に出さないといけないわけじゃないし、他の素材を取りに行ってもいいもんね。

それを考えると今すぐにもらったとしても荷物になるだけだろうし。

「わかりました。残りはできたら取りに来ますので、先にあるだけもらえますか？」

「あぁ、なら三十本で銀貨三枚だ。でも、これだけの量を持てるのか？」

確かに買ったはいいけど、瓶三十本となるとかなりの量だ。今のカバンにはせいぜい十数本くらいしか入らない。

「ごめんなさい。一度半分の瓶を家に置いて来ますので取り置きしてもらってもいいですか？」

どうすることもできず、ガラス屋と家への往復を繰り返すのだった。

瓶を運び終えた僕は、今度は薬草を採りに教会へと来ていた。

ついでにここで作れるだけ作っていこうと素材を広げてポーション作りを始める。

「あれっ、それはポーションですか？」

作っている最中に声をかけられて一瞬手元が狂いそうになる。しかし、なんとかポーションを作り終えると僕は声をかけて来た人物を見る。

少し髪の先端が癖っ毛になっている薄い茶色の髪の少女がそこにいた。

服装はこんな場所に似つかわしくないドレス姿で、その胸元が強調された服は僕にとっては刺激が強すぎた。

しっかりと出た胸とは裏腹に顔は童顔でおそらく同じくらいの歳だろうと想像できる。

ただ、今まで見たことのない少女だ。

少なくともこの町で見かけたことはなかった。

「ええ、今ポーションを作ってるんですよ」

「あっ、ごめんなさい……。作成中に声をかけるのはマナー違反ですよね」

すぐに謝ってくる少女。しかし、そのあとは目を輝かせながらポーションを眺めていた。そして聞いてくる。

「他の……、他の薬は作られないのですか？」

別の薬……考えたことがなかったわけではない。

ただ、その作り方も知らず、売れ行きもポーションが一番いいみたいなので他の物を作ろうとしたことがなかった。

「僕はこのポーションしか作れなくて……」

「よろしければ私が教えて差し上げましょうか？　実際に作ったことはありませんけど本では見たことがありますので」

まさかの申し出に少し考える。

僕にとってはありがたい申し出。ただ、見たこともない相手にそんなことを教えるものだろうか？

そう考えると何か裏があるのではと思ってしまう。

「一体何が目的ですか？」

「目的？　いえ、私はただあなた様のお役に立ちたいだけですよ……」

笑みを見せながら答えてくれる少女。

ただし、ますます彼女のことがわからなくなった。

しかし、教えてもらえるものは教えてもらったほうがいいのではと考えを改め、せっかくなので教えてもらうことにした。

「教えてもらってもいいですか？」

「はいっ、喜んで」

僕の方が教えてもらう側なのに少女がとても嬉しそうに答えてくる。

そして、たまに僕の方を見るとにっこりと笑みを見せてくれる。

まるでその態度は以前少し会ったことがあるような……そんな感じであった。

そして、少女に別の薬の作り方を教えてもらった。

ただ、少女が知っているのはあくまでも本で仕入れた知識だったようで素材の形や色、臭い等を判別する情報はわからなかった。

「すみません、まだまだ勉強不足でした……」

僕がした質問に答えられなかった少女は少し落ち込んでいた。

「い、いえ、本当に助かりました。ありがとうございます」

ただ、一方的に教えてもらった僕は少女にお礼を言う。

「いえいえ、お役に立てれば私も嬉しいです。あっ、私のことを言っていませんでしたよね？　私はマリナといいます」

マリナと名乗った少女が手を差し伸べてくれる。

「えっと、僕は……」

マリナの手を取り自分のことも言おうとしたのだが、少女の言葉に遮られる。

「シィルさんですよね。存じ上げております」

それだけ言うと少女は去って行った。

えっ、知り合いだったかな？　会ったことないと思うけど……。でも名前を言っていったってことは——。

僕は首を傾げ、少女が去って行った方角をただ眺めていた。


必要なポーションを作り終えたあと、教えてもらった薬を作ろうかと素材を探し始めてみる。

ただ、今の情報だけでは完全に作りきることはできなかった。

「うーん、毒のある草……そもそも毒がある草なんてわからないよ」

必要な素材はポーション用のものと毒がある草。

少女が知っていた情報はこれだけだった。

それだけだと無数に存在している……。

一体何を使うのが正解なのか、それが全くわからない。

「とりあえず今は保留にしておこう。また、見つかったら作ろうかな」

今できることを優先しないとね。ポーションを百本……、早く準備しよう。


そして、ようやく瓶が準備できた僕はギルドへと向かう。

するとギルドの前にはたくさんの人だかりができていた。

それも女性の人ばかり……。

「あっ、シィルくん……、こっち、こっちから入ってきて」

建物の裏の方からリエットが手招きをしている。

さすがに表からは入れないのでリエットの方へ向かう。

「い、一体あの人だかりは何なの？」

「前の手紙……ほらっ、ギルド長が見せていたやつ……」

手紙……あっ！

前に見せてもらったやつといえば王子たちが来るという知らせだった。

つまり今ここにその王子が来ているということだろうか？

「王子様たちが来るというやつだよね？　ただ、どうしてギルドが？」

「ギルド長は元々王都の出身らしいよ。もしかすると知り合いなのかも――」

中には入れてもらったけど、そこは受付の人たちがいる職員専用の部屋であった。

そして、ホールの方を見てみるとそこには長めの銀髪の青年と、同じく銀髪だが肩ほどの長さの青年、あとは昨日会った少女がいた。

「あっ、あの子は……」

「な、なに？　シィルくんの知り合いなの？」

シィルが反応するとそれにすぐリエットが食いついてくる。

「うーん、知り合いと呼べるほどの仲かはわからないけど、向こうも僕のことを知っていたし……どうしてだろう？」

さすがに自分に王族の知り合いがいるとは思えない。

僕は首を傾げていた。

するとそのときに厨房の方からたどたどしい足つきで飲み物を運ぶマナの姿が見えた。

王族に運ぶということでその手は震えており、見ていてハラハラさせられる。

「あっ……」

マナが何もないところで足を躓かせる。

それと同じタイミングでリエットが小さく声を漏らした。

しかし、少し離れた場所からでは助けることもできない。

結果、マナが運んでいた飲み物はあらぬ方向へ放り投げられ、その一つが第一王子の頭の上に落ちる。その瞬間、まるで鬼のような形相を見せる第一王子。

ただ、それも一瞬ですぐに笑みに戻ったので見間違えたのかなと思った。

「も、申し訳ございません、申し訳ございません」

マナの頭を下げさせ、ギルド長と厨房の料理長が何度も頭を下げる。

「いえいえ、たまにはそういうこともありますよ。私は気にしていませんのでどうか顔を上げてください」

ニコニコと微笑みながら第一王子が言う。

それにホッとした様子を見せるマナと料理長。

ただ、ライヘンだけは少し渋い顔を見せていた。

閑話　マリナ

「くそっ！　あのガキ！　何であんなやつにまで笑顔を振りまかないといけないんだ！」

ギルドから出たあと、誰も見ていない場所で第一王子、アルタイルは悪態をついていた。

「お兄さん、まだ誰が見ているかわかりませんよ。あまり人前でそんなことを言うもんじゃないです」

笑みを浮かべながら兄をたしなめる第二王子、イルト。

表情を読み取れず、何を考えているのかがわからない彼をアルタイルは不気味に感じていた。

「それでも腹が立つものは仕方ないだろ！　あーっ、なんで俺があんなガキに……」

自分の頭を掻きむしるアルタイル。

そんな兄二人を見てマリナはため息を大きく吐く。

アルタイルは王都でも度々トラブルを引き起こし、国王でもある父のマークリッドに何度もたしなめられていた。

その一方イルトは表立った問題は起こさないのでマークリッドにもかわいがられていた。

ただ、表には出ないだけでアルタイルを巧妙に操っているのはイルトだということをマリナは知っていた。

「次は貴族のユーグリッド様との接見です。この町では有力な者ですからあまり悪態は吐かないでくださいね」

アルタイルが怒らない程度に注意喚起しておく。

しかし、マリナの言葉なんて耳に入っていないのか、あたりに並べられた鉢や樽に八つ当たりするアルタイルを見て、再びマリナは大きなため息を吐くのだった。

もしかしたらユーグリッド邸で暴れるかもしれない。

そんな不安がマリナの胸によぎっていたが、意外なことにアルタイルはここではおとなしかった。

「あ、あの……、此度は突然の訪問にもかかわらずこのような……、その……」

あまり人前でかしこまることのないアルタイルだが、ここでは体を縮こませ、慣れない言葉で話そうとしていた。

その理由は向かいに座る少女だろう。

純白のドレスに身を包んだエリー。彼女が微笑むたびにアルタイルはだらしなく頬を緩ませていた。

「いえ、お気になさらず。私の方こそあまりたいしたおもてなしができず申し訳ありません」

頭を下げるミグドランド。それに倣うようにエリーも頭を下げるとアルタイルは慌てだす。

「そんな……、気にしなくていいです。顔を上げてください」

「ありがとうございます」

ミグドランドが顔を上げるとそれに倣ってエリーも顔を上げる。

するとそのタイミングでエリーが少し咳き込む。

「大丈夫か？　まだ無理をしなくても……」

「いえ、大丈夫ですから……」

ミグドランドが少し心配をして小声でエリーに話しかける。

しかし、彼女は首を横に振って大丈夫だとアピールする。

「どうかされましたか？」

アルタイルがエリーのことを心配する。

「いえ、エリーは少し前に難病が治ったところでして……。まだ体調が本調子ではないのですよ」

「なんと!?　難病を……ですか？」

さすがにその言葉にアルタイルはおろか、イルトも驚きを隠しきれなかった。

ただ一人、マリナだけは驚いていなかったが。

「ただそれも最近とあるルートから入手しました薬によって完治したのですけど、元々体の弱い子なので——」

難病は治ったと聞き少し安心するアルタイル。

それがわかると次に気になってくるのはその薬を入手したルート……その話が出ることはミグドランドは想定済みであった。そして、彼の想定通りの質問をイルトがしてくる。

「ちなみにそのルートというのはどのようなルートで？」

「いえ、それは私の口からは言うわけにはいかないのです。彼には恩がありますから」

ここでシィルの名前を挙げれば彼らは食いつくだろう。でも、そうしてしまったら彼とエリーを結びつけることに影響が出るかもしれない。

そう考えてミグドランドはシィルの名前は隠すつもりでいた。

ただ、彼のポーションが評価されればそれはシィルにとってプラスになるだろう。

「その薬はありますので、よろしければ一本差し上げましょうか？」

ミグドランドのその言葉にイルトの目が光る。

「では、いただけますか？」

やはり食らいついてきたとミグドランドは心の中で微笑む。

しかし、それは表情に出さないようにして、エリーに頼む。

「それじゃあ、彼の薬を持ってきてくれるか？」

「はいっ、お父様」

エリーが立ち上がり、薬が置いてある倉庫へと向かおうとする。

しかし、立ち上がった瞬間に足元がふらつき倒れそうになる。

「危ない!!」

それにいち早く気がついたアルタイルは彼女が倒れないように体を支える。

「あ、ありがとうございます」

小さくお礼を言うエリーにアルタイルは一瞬固まる。

しかし、すぐに我に返ると手を振り、彼女から離れる。

「気にしないでください。王族として当然のことをしたまでです」

そして、アルタイルは自分の席に着く。


しばらくして、エリーがポーションを一本持ってくる。

「ほう、これが……」

イルトが興味深げにそれを眺める。

そして、一瞬口元をつり上げていた。ただ、それも束の間のことなので誰も気づいていなかった。

「ではこれで僕たちは失礼しますね」

ポーションをもらうとイルトはさっさとこの館（やかた）を出て行こうとする。

「おい、まだ話が……」

「あまり長居をするのも迷惑になりますよ」

そう言われるとアルタイルは言葉に詰まる。

エリーに迷惑をかけるのはよくないと思い、イルトの考えに同調する。

「そ、それもそうだな。では今日のところは失礼する」

アルタイルたちはさっさと出て行ってしまう。

しかし、マリナ一人だけその場に残る。

さすがに彼女一人だけ残っているのを不思議に思ったミグドランドが声をかける。

「どうかされましたか？」

「いえ、さっきのポーション……シィルさんの？」

どうやら彼女はシィルのことを知っているようだった。

「えっと、どうして彼のことを？」

「どうしてでしょうね？」

微笑みながらそれ以上何も言わないマリナ。それから頭を下げて二人の兄を追いかけていった。

それを呆然と見ていたミグドランドはとある出来事を思い出していた。

最近王女がとある病気で亡くなりそうになっていた。そのときに手に入れた薬で一命を取り留めたという話を……。

それ以来、積極的に姿を見せるようになっていた王女には病気だった気配が微塵もなかったようで、誰かが流した眉唾の情報だと思っていたが――。

「もしかして、王女様の病気を治したのはシィル殿のポーション？　いや、でもそれなら国王様が彼に多大な恩賞を与えていてもおかしくないはず……。いや、彼の正体がわからずに薬だけ手に入ったとかか？　シィル殿ならいろんな人にポーションを販売しているだろうし……」

答えの出ない問いを自問自答し続けるミグドランド。しかし、いくら考えても答えは出なかった。

第12話　少女の治療

ポーションを渡したあと、その代金として金貨をもらった。

せっかくだし今日くらい少し豪勢なご飯にしようかな……。

金貨を弄(もてあそ)びながら食堂へ向かって歩いて行く。すると突然小さな少年に後ろからぶつかられた。

しかもそれだけではない。

僕が弄んでいたそのコインはいつの間にかぶつかってきた少年が持っていた。

そして、少年は走り去って行った。

「ま、待て！」

慌(あわ)てて少年を追いかける。

「へっへーん、待てと言われて待つやつが……へぶっ!?」

僕の方を向きながら走っていた少年は前に来た人とぶつかる。

「んっ？　誰だてめぇ？」

少年がぶつかったのは第一王子であるアルタイルだった。

軽々と少年の首元を摑み持ち上げる。

「は、放せー!!」

なんとか逃れようと足をばたつかせるが結局無駄だとわかりおとなしくなる。

「それでこいつは？　んっ、お前は確か……」

アルタイルは何か考え事をしていた。そして、驚きの声をあげる。

「お、お前はまさかポーション売りか!?」

「そ、そうですけど……」

どうして自分のことを知っているのだろう……？　そういえば王女様も自分のことを知っていたな……。

呆然とアルタイルを見ると彼は少年を投げてよこす。

「あいたっ」

「こいつに用があるんだろう？　ならそいつはくれてやるよ」

「いえ、なんで僕のことを？」

その問いかけには答えず、アルタイルは手をあげて去って行ってしまった。

どうしてみんな僕のことを知っているのだろう……。

それは気になるけど、まずはお金のことだね。

「僕から取ったお金を返して！」

鋭く睨みつける。しかし少年はギュッとそれを手の中に握りしめて言ってくる。

「嫌だ!!」

このままお金を返さないとどうなるか……。少年も知らないわけはないだろう。

捕まった盗人は衛兵に渡され、その後奴隷等に堕とされ、過酷な労働を強いられることになる。

しかし、少年は強い瞳を向けてくる。まるでそうしないといけないかのように……。

「どうしてお金を？」

すると少年は顔を伏せる。やはり何か事情があるのかもしれない。

しばらく少年は迷っていたようだが、ぽつりと教えてくれる。

「マヤを……」

「んっ？　マヤ？」

他の部分は聞き取れなかった。

すると少年がもう一度言ってくれる。

「マヤが……病気なんだ……医者を呼ぶために金がいる……」

病気か……。風邪くらいならポーションで治るんだけどな……。

もしくはここにキュピがいたらキュピの能力でポーションの力を強くできたかもしれないのに……。

今頃キュピは家でお昼寝をしているだろう。

それを歯がゆく思いながら自分のカバンを眺める。

それほどの病気だと僕には治せない。

でも、事情を聞いてしまってはお金を取り返す……なんてことはできなかった。

するとそれをどこで聞いていたのか、ふたたび突然アルタイルが現れる。

もうどこかに行ってしまったと思っていた……。

僕は少し驚きの顔を見せる。

「それならこいつを連れていけばいい！　お前の妹を治療できる薬の持ち主だ」

「う、嘘……!?」

少年が期待のこもった眼差しを向けてくる。

しかし、そんな目を向けられてもそのような薬を持っていなかった。

「あの……僕にそんな薬は……」

「なに、ポーションでもあげておけばいいだろう？　病気は気の持ちようなんだ！　ポーションを治る薬だと信じて飲めば治るやもしれん。そして、こいつの妹が治ればこいつももうスリのようなまねはしなくていいだろ？」

少年に聞こえないようにアルタイルが言ってくる。

確かにアルタイルの言うことももっともだ。

今の自分にできることをしてあげよう。

「絶対治せるとは言えないけど、一つだけ約束してくれる？　もしマヤさんが治ったらもう二度とスリのようなまねはしないと」

「あぁ、約束するよ」

少年の口からその言葉を聞いて安心すると僕は再び口を開く。

「それじゃあマヤさんのところに案内してくれるかい？」

「こっちだよ」

少年は小走りで僕たちを町外れにあるボロ家へと案内してくれる。


少年が連れてきてくれた家。

その中に入るとそこにはボロボロの布団に包まって辛そうにしている少女の姿があった。

「マヤ、もう大丈夫だぞ。ちゃんと先生を連れてきたからな」

「おにい……ちゃん……。私は……大丈夫……」

苦しそうに咳き込みながら、それでも少年に向けて微笑むマヤ。

すると、少年は目に少し涙を浮かべる。

ただ、それをマヤに気づかれないように背を向け涙が止まるまで天井を仰ぎ見ていた。

「それでマヤはいつ治るんだ？　俺にできることは？」

少年は妙にやる気になって指示を仰いでくる。

僕はカバンから薬を取り出して少年に渡す。

「まずはこの薬を飲ませてくれる？」

少年は震える手でポーションを受け取るとマヤの口へと持っていく。そして、ゆっくりとそれを飲ませていく。

あとはマヤの回復力を信じて……。

ポーションでどこまで回復するだろうか。少しでもよくなってくれるといいんだけど……。

少し心配になりながら祈るようにマヤを見守る。するとポーションを飲んだマヤは光に覆われ、少しずつ顔色が良くなっていった。

「なるほどな……」

隣で見ていたアルタイルはそれだけ呟いてさっさと去っていった。

「ありがとう、おかげで助かったよ。あっ、これ、本当に悪かった……」

少年がようやく笑顔を見せてくれ、頭を下げて謝ってくる。

少年に取られた金貨を返してもらうと念のためにポーションを一本渡す。

「えっと……、俺、薬の代金払えないぞ？」

「うん、またお金できた時でいいよ。念のために持っておいた方がいいでしょ？」

薬を受け取った少年は感動のあまり目から涙を流し、帰っていく僕の姿が見えなくなるまで手を振り続けた。

閑話　アルタイルとマリナ

「やはりあいつがそうだったんだ！」

アルタイルは少年の家から出たあと、取っている宿の方へと駆けていった。

するとそんな彼を呼び止める声がする。

「お兄様？　どうかされましたか？」

その声の主はマリナであった。

「マリナか……お前の探していたポーションだが――」

「シィル様のことですか？　何かあったのですか？」

先ほど見つけたシィルのことをマリナに伝えようとしたのだが、彼女はすでに知っているようだった。

「お前……どうしてそれを？」

自分すら先ほど見つけたばかりだ。それをどうして先に知っているのか？

少し疑問に思うアルタイル。

顎をさすり今までのマリナの行動を思い起こす。

「そういえばこの町に着いてからすぐどこかに行っていたな？　どこに行っていたんだ？」

「お兄様には関係ありませんよね？」

少し高圧的なところのある兄に対しても一歩も引かないマリナ。

そんな彼女の態度は昔からだ。

アルタイルは少しため息を吐き、マリナに背を向けた。

「何しているかわからねーが、あまり危険なことはするなよ」

それだけ告げると手をあげて去って行った。


アルタイルが去って行ったのを確認したマリナはホッとため息を吐く。

自分の兄とはいえ、あの威圧感……どうしても緊張してしまう。

もし兄にシィルさんのことを詳しく知られたら……いえ、彼のことは見つけたようだけど、彼に抱くこの淡い気持ちをばれてしまうと……。

マリナが死にかけていたときに父が持ってきた薬……。

なんでも効果が絶賛されているポーションらしいが、また同じような薬……、ただのポーションに自分の病気が治せるはずがない……。

イヤイヤながらも出されたものを飲んでみるとその効果は確かに絶大であっという間に病気

は治ってしまった。

ただ、それ以降、父にポーションをどこで手に入れたのかと聞いても、少年である……ということ以上は一切教えてはくれなかった。

想いだけ募らせる日々……。

そして、今回の町の巡行。

見て回るだけだと思っていたのだが、とある冒険者が持っていた薬を見て心臓が破裂するかと思った。

それはなんでもシィルという少年が作ったポーションらしい。

ただの冒険者なら眉唾物といって信じなかったが、そのポーションを持っていたのがかの有名な『赤い星』のアインヘッド・ラグズリーであった。

彼ほどの人物が嘘を吐くはずがない……。つまり、自分を救ってくれた人物がいる……。そう考えると居ても立ってもいられずにアインにその少年がどこにいるのかを聞いてしまった。

本来ならあんまり会うのはよくないのかもしれない。

自分は将来、政略結婚をさせられてしまうのだから……。

でも一度会うだけ……のつもりだったのだが、憧れの人物……ついつい話してしまった。

するとずっと抱えていて考えないようにしていた思いが爆発する。

ただ、シィルはこの町で結構有名な人物のようだ。それはマリナにとっては好都合かもしれない。

基本的に政略結婚しか認められていない……。

しかし、彼は私の病気を治した人物……。あとは手柄の一つでも立ててくれたなら自分との結婚も認めてもらえるかもしれない。

最後はシィル自身の気持ちもあるだろうけど、自分なら……。

王女であるので婚約となるとそれなりの地位を与えられる。そして、マリナは控えめながらも自分の容姿には自信があった。

ただ、この町で問題なんて起こらないですよね……。

マリナはため息を吐いて空を見上げた。


アルタイルは一人になってマリナのことを考えていた。

本人は隠しているようだが、あれはどう見てもポーション売りのことを気にしてる様子だった。

王女という立場じゃ好きな者と一緒になれない。ただ、あれだけの力の持ち主なら可能性はあるだろう。あとは後押しさえすれば……。

しかし、そこまでしてもいい相手なのか……、まだシィルと会ったばかりのアルタイルは迷っていた。

とそのとき、遠目にエリーの姿が見える。さっと側の草むらに隠れる。

するとそこにいたのは賢明そうな彼女ではなく、顔を染め、明らかに隣の人物に気があるような雰囲気を見せている彼女であった。

本当ならその視線は自分に向けられるべきなのに……。すこし腹立だしい気分になる。

一体相手は誰なのか？

もっと顔を出し、その人物を見る。

そこにいたのはあのポーション売りであった。

あいつがどうして……いや、あのポーション売りならマリナの気持ちを利用すればエリーから引き離すことができる。そして、傷心の彼女に近づけば……。

ほくそ笑むアルタイル。

それなら作戦を考えないと、と彼らに気づかれないように急いで宿へと戻っていった。

第13話 王女とポーション売り

王子たちがこの町に来訪してから数日が過ぎた。

あまり関わり合うことがないだろうと思っていたのだが、意外なことに僕の側にはマリナがよく寄ってきていた。

「僕のところに来てていいの？」

王族ともなれば色々と責務があるのじゃないかと思ったのだが、マリナはにっこりと微笑んでくる。

「ええ、大丈夫ですよ」

本当にいいのかなと思いながら教会へ行き、薬草を採取していく。

最近、家の薬草はキュピが勝手に採取してくれている。そちらはもう僕が採る必要もないので教会の方をメインでやるようになっていた。

マリナも手伝ってくれたのだが、彼女にはまだただの草と薬草の区別がつかないようでいつも採ってきてくれるが、薬草と雑草が入り交じっていた。

それに苦笑しながら使えるものと使えないものに分けていく。

「あの……、私も作り方を教えていただけませんか？」

期待のこもった眼差しを向けてくるマリナ。

別に隠すようなことではないし、教えてもいいかな？

それに彼女には新しい薬の作り方も教わった。お礼に僕からも教えてあげたい。

でも僕が知ってるのはポーションだけ……。既にマリナなら知っているんじゃないだろうか？

まぁ彼女自身が教えてほしいと言っているわけだし、それにこんなところに来て見てるだけというのもかわいそうだもんね。

作るのに危険もないわけだし。

これだけは一応聞いておかないといけないよね。

「マリナ様って普通に魔力を扱うことができますか？」

するとマリナは口を尖らせて言ってくる。

「これでも王族なんですよ。魔力の扱いも完璧……とまではいかないですが、そこそこ自信はありますよ」

自信たっぷりに胸を張るマリナ。

そこまで言うなら大丈夫かな。僕は少しだけ考え、苦笑しながら言う。

「わかりました。では僕の言う通りに作ってくださいね」

マリナが頷いてくれたのを確認してゆっくりと教えていく。

まずはどういったものが薬草なのか説明する。

マリナが持ってきたものはまちまちでまだ十分理解できてないようだった。

「薬草は臭いのキツイものですよ」

「そうなのですね。例えばこれとかですか？」

マリナが持ってきたのは強烈な腐った臭いのする草であった。

「そ、それは少し違うよ……」

「難しいのですね、ポーション作りって」

そこで諦めてくれるかと思ったが、意外なことにマリナは楽しそうに薬草探しを始めてしまった。

「これはどうですか？」

「うーん、それも少し臭いが違うね」

そして、それなりに時間をかけてようやくマリナはポーションに使う薬草を悩まずに選ぶことができるようになった。ただし、時間はすでに夕方……。

そろそろポーションを売りに行かないとダメな時間かも。

嬉しそうに喜ぶマリナを見て、少し辛くなりながらも言わないといけないことなので口を開く。

「すみません、そろそろ僕はポーションを販売しに行かないといけませんので今日はこれくらいでいいですか？」

相手は王女様……。納得してくれないかもしれないと少し身構える。しかし、マリナの反応は意外とあっさりしたものであった。

「わかりました。今日のところはこれだけ持ち帰らせてもらいますね。また明日もここに来てもよろしいですか？」

少し顔を伏せ、おそるおそる聞いてくるマリナ。

ただ。断る理由もないかなと小さく頷いた。

するとマリナは目を大きく見開き、本当に嬉しそうな笑みを浮かべた。

「や、約束ですよ？　また、今日会った時間に来ますからね？」

何度も何度も確認した上でマリナは嬉しそうに町の方へと歩いていった。

さて、僕もポーション売りを頑張ろう！

町の方へと戻って来ると珍しくギルド前には誰もいなかった。

ま、まぁリエットもずっと店の前を掃除してるわけじゃないんだしこういうこともあるよね。

なんか腑（ふ）に落ちないながらもギルドの中に入っていく。

「お、お待たせしましたー！」

「遅いぞ。次はこっちのメニュー全（すべ）て持ってこい！」

「は、はいっ！」

中には大柄の男たちが数人いた。椅子（いす）に座り、出てくる料理を食べている。

ただ、問題はその量だ。

テーブルの上には所狭しと並べられた料理。床にはたくさんの空（あ）き皿。

料理長とマナだけでは人が足りず、ギルドの受付も手伝っているようだった。当然その中にはリエットの姿も――。

「あっ、シィルくん！　ごめんね、少し忙しいからあとでポーションを売りに来てくれる？」

リエットはそれだけ言うと僕の返事も聞かずに去っていった。

「おう、お前はポーション屋か？」

たまにポーション売りのことをそう呼ぶ人がいる。

あまり聞き慣れない言葉で思わず口をつぐんでしまうが、ようやく自分のことを言われているとわかり返事をする。

「は、はい、そうですけど……」

少し強面（こわもて）顔で髭面（ひげづら）の男たちに声をかけられ、ちょっと上（うわ）ずった返事をしてしまう。

しかし、男たちは何が気に入ったのか、突然僕の肩を叩き、大声をあげて笑っている。

「そうかそうか、これからも頑張ってくれよ」

「は、はぁ……」

もしかしたら知り合いにポーション売りの人がいるのかもしれない。

それに、そんなに悪い人じゃないようだ。

僕は少し頭を下げるとそのまま冒険者ギルドを出ていった。


次に行く場所……と考えて、昨日治療したあのマヤという少女のことが気になった。

かなり重い病気みたいだったし、ポーションで良くなったと言っていたが、おそらく気持ちが前向きになって良くなったように感じてるだけだろう。

もしかして、今頃また悪くなってるかもしれない。

それだけ確認するために町外れにあるボロ家へと向かう。


「あっ、お兄ちゃんだー」

マヤは僕を見ると小走りで近づいて来て、しがみついてくる。

その様子から病気だった雰囲気は微塵も感じられない。

「もう走っても平気なの？」

「うん、もうしんどくないの」

本当に気持ちだけで治ってしまったようだ。

いや、実は精神的にまいっていただけで本当は病気でも何でもなかったのかもしれない。うん、きっとそうだろう。

「あっ、兄ちゃん。わざわざどうしたんだ？」

抱きつくマヤを離そうと四苦八苦していると金貨を盗んだ少年が帰ってきた。

「うん、マヤちゃんの様子が気になったんだ……」

「あぁ、見ての通り元気が有り余っているぜ！」

まだ足に頬ずりをしてくるマヤ。

確かに元気そうだ。

「あっ、そうだ。せっかくだからこれ持って帰るか？」

少年が出してきたのはたくさんの果物だった。

「へへへっ、俺、八百屋で働き出したんだ。兄ちゃんとの約束通り、もう人からものを盗むのはやめて、これからはマヤと二人頑張っていくぜ！」

少年は誇らしげに鼻がしらをこすっていた。

「それでこれはお店の人がお土産だって言ってくれたんだ。ただ量が量だから俺たちだけでは食えなくて、あの薬のお礼とまでは言わないけどもらってくれると嬉しいな」

それを聞いて少しホッとして少年が差し出した果物を一つ取る。

「それじゃあこれ一つもらっていくね。ありがとう……あれっ？」

少年の名前を言おうとしたが今の今まで聞いていなかったことに気づいて口ごもってしまう。

「どうしたんだ？　兄ちゃん？」

「えっと……そういえば君の名前を聞いていなかったなと思ってね」

「それもそうか……。俺はライだ。兄ちゃんは？」

「僕はシィルだよ。よろしくね」

それだけ伝えると手を振ってライたちに別れを告げた。

「何かあったら言ってくれよ！　必ず力になるからな」

ライが大声で叫んでくる。そんなことは起こらないだろうけど、そう言ってくれるのはありがたい。

僕は大きく手を振ると家へと帰っていく。

「そういえば今日はエリーと会わなかったな……」

いつもなら外にいると必ずと言っていいほど遭遇（そうぐう）していたエリーだが、今日はその姿すら見えなかった。

もしかして嫌われた？　……なんてことはないよね。となるとまた風邪とか、病気にかかっているのかもしれない。

ライの家に行った帰りで、既に日が沈みかけていた。さすがに今からエリーの家に行くのは迷惑だろう。

それなら明日ポーションを作り終えたあとに一度様子を見に行くのがいいかもしれない。

とりあえず今日は宿に戻ろうと歩いているとその道すがらで王子の一人であるイルトが何やら苦しそうにうめいていた。

「だ、大丈夫ですか？」

明らかに異常な状態……。僕は慌てて彼に近づいた。

「寄るな!!」

近づくとイルトは手を振り暴れ出す。そんな彼の目は充血し、血管は浮き出て前に見た温厚そうな雰囲気は一切感じられなかった。むしろ、魔物とかの類にも見える。

「と、とりあえずこれを……」

カバンからポーションを取り出す。しかし、それも手で払いのけてしまう。

「余計なことをするな……ぐおぉぉぉぉ!!?」

手を振り払ったときにポーションの瓶が割れて、中身がイルトにかかる。すると突然苦しみだす。

手からは煙のようなものが上がり、その部分を押さえて地面にのたうち回る。

えっ、な、何があったの？

特に自分がなにかしたわけでもないのに目の前で苦しみ出されて困惑してしまう。

するとイルトは手を隠しながらまるで親の敵でも見るように睨みつけて走り去っていった。

「僕、何かしたの？」

あとに残された僕は誰も答えてくれないその問いかけを一人呟くのだった。


家に戻る途中、ギルド前を通りかかるといつものようにリエットが掃除をしていた。しかし、その表情はどこか疲れているようだった。

「あっ、シィルくーん……」

僕の姿を見つけると大きく手を振ってくる。ただ、疲れのためかどこかゆっくりとした動作だった。

「なんだかお疲れみたいだね」

「うん、あのあともずっとあの人たちご飯食べてたんだよ……。もうすっかりギルドの食料庫は空になってるよ……」

そんなに食べてたんだ……。

僕は驚きを隠しきれなかった。

「あっ、その時にあの人たちのことを聞いたよ。なんでも貴族の人の依頼を受けて任務をこなす傭兵……の人らしいよ」

傭兵……ギルドの人とどう違うのだろう？

疑問には思うもののギルド職員のリエットにはさすがに聞かなかった。

疲れにポーションは効かないだろうし、むしろ今は瓶を持たせるのも怖かったので手を振ってリエットと別れた。

そして、家に帰ってくると僕も想像以上に疲れていたようで倒れるように眠ってしまった。

翌朝もポーションを作りに教会に来るとマリナの姿があった。

確かに昨日帰る時に約束はしたけど本当に来るとは思わなかった。第一王女様に当たるわけだし、ただのポーション売りのところなんて来る用事もないだろう。

それでも来るということは王女様も結構暇なのだろうか？

そんなことを考えていた。しかし、約束をした以上、一緒にポーション作りに取りかかる。

そして、一つ一つ教えていくとついにマリナはポーションを作ることに成功する。

「できましたー!!」

嬉しそうにポーションの瓶を掲げ、笑顔を見せてくる。それを見ると教えた甲斐があったなとどこか嬉しくなる。

「ありがとうございます……これもシィルさんのおかげです……」

マリナが嬉しさのあまり抱きついてくる。その豊満な胸に顔を押しつけられ、少し息苦しくなる。

なんとかマリナに気づいてもらおうと彼女の手を叩く。すると我に返ったマリナが顔を真っ赤にして押し飛ばしてくる。

「あっ、ご、ごめんなさい……。私、あの、その……」

その場であたふたして頰を染めるマリナ。さすがに今のは恥ずかしかったのだろう……。

僕も顔を真っ赤にしてマリナを見る。ちょうどそのとき遠くの方から声がしたので、助かったと思いながらそちらを向く。するとそこにいたのはエリーだった。

「シィル様ー！」

手を振る彼女。どうやらエリーに嫌われたわけじゃないとわかり少しホッとする。

小さく手を振り返すと、隣でマリナが面白くなさそうに口を尖らせてエリーを見ていた。

「どうしてあなたがここに？」

不満そうにマリナがエリーに聞く。

それで全てを理解したように、エリーは何も言わず、ただ微笑んだ。

「ちょうど良かったよ。昨日は会えなかったから心配で家に行こうと思ってたんだよ……」

「ほ、本当なのですか？　すみません、昨日は急遽ちょっとした用事ができてこられなかったんですよ」

まさかわざわざ家まで誘いに来てくれるなんて……。その喜びで感極まりそうになるエリー。

ただ、マリナを見ながら用事の部分を強調していたのが気になる。

僕は何のことかわからずに首を傾げていた。

「実は風邪でも引いたのならポーションを届けようと思ったんだよ」

「風邪……部屋で二人っきり……。す、すみません、今からちょっと風邪を引いてきますね」

何を想像したのか、顔を真っ赤にしていきなり走り出そうとするエリー。

「ちょ、ちょっと待ってください！　わざわざ風邪を引きにいかないでくださいよ！」

突然のエリーの暴走を慌てて止める。すると彼女は少し残念そうな顔をする。

「それで今日はどうしますか？　僕はポーションを販売するつもりですけど……」

「わ、私もご一緒していいですか？」

エリーが少し慌てながら聞いてくる。別に断る理由もないのでそのまま頷く。するとエリーが嬉しそうに笑みを見せる。

「それなら私も同行させてください」

そこへマリナが割って入る。キッと睨みつけるエリー。しかし、それに気づかずに僕は頷いた。

「うん、手伝ってくれるなら嬉しいです」

しかし、答えてから初めてエリーが目で拒んでいることに気づいた。

もしかしてまずかった？　そうか、よく考えるとマリナって王女様だもんね。今まではなすがままに頼まれたことをしていたけど、販売を手伝ってもらうのはまずいか……。

「やっぱり手伝ってもらうのは申し訳――」

考えを改めて断ろうとする。

しかし、マリナが嬉しそうにしているのを見ると完全に断り切ることができなかった。

いつものように声を出しながら町中を歩く。すると、定期的に購入してくれる人やエリー目当ての客がやってくる。だが、横に立つもう一人の人物を見るとそそくさと立ち去ってしまった。

「ポーションってなかなか売れないのですね」

頬に手を当てて首を傾げるマリナ。

「どう見てもマリナ様のせいですよ」

「えっ、どうしてでしょうか？」

エリーが不服そうに呟くとマリナが聞き返す。

本当にわかっていないようだった。あまり買ってもらえない理由……それはマリナに萎縮してのことだった。

仕方がないので場所を変えてギルドの前へとやってくる。するとリエットがいつものように小走りで近づいてくる……がやはりマリナの姿を見ると口を開けその動きが止まる。

そして、僕の側に寄ってくると小声で聞いてくる。

「どうして王女様と一緒なの!?」

「えっと、王女様が僕にポーションの作り方を教えてほしいって言ってきたんだよ。それで朝方教えてたらポーション販売も一緒に来ることになって……」

「はぁ……、それで断りきれなかったのね」

呆(あき)れ顔を見せるリエット。

「とりあえずいつも通りくれるかな」

リエットは銅貨八枚を取り出し、僕に渡してくる。

「うん、ありがとう……」

「多分、もうポーション売れないから適当なところで王女様を帰らせた方がいいと思うよ」

僕にだけ聞こえるくらいの声でリエットが言ってくる。

確かにマリナの姿を見ると誰も買ってくれなかった……。適当なところで切り上げるかな。

閑話　第二王子イルト

「ぐっ、なぜこの私が傷を負うのだ……」

シィルのポーションを浴び、黒ずんだ皮膚(ひふ)を撫(な)でながら第二王子イルトは悔(くや)しそうに唇(くちびる)を噛(か)み締めていた。

「この私がこんな傷を負うなど考えられないが……。いや、私が手にしたのは魔の力か……。上級ポーションを触媒(しょくばい)にようやく手に入れたこの力……まさかそんな弱点があったとは……」

ミグドランドからもらったポーション。あれを見て一目でただのポーションではないと気づいた。

しかも、それが難病すら治すとなると上級……いや、それ以上とも考えられる。そして、魔の力を手にするためには、こうしたかなり高威力(いりょく)の聖なる薬が必要であった。

だから渡りに船と譲(ゆず)り受けた。そして、魔の力を得るための触媒として利用した。

本来なら自分たち兄弟で一本だった薬が、兄も妹も薬そのものには興味がないようなので、あっさりと自分のものにすることができた。

薬には関心を示さず、ただミグドランドの娘であるエリーにしか興味がない、喧嘩っ早い愚直な兄。

何か隠し事をしているようだが、それはあのポーション売りのことで、おそらく恋い焦がれているのであろう妹。

彼らでは国の頂点に立つには力不足だ。自分こそが頂点に立つにふさわしい。

不敵な笑みを浮かべるイルト。

実際に彼は兄に負けないように勉強をし、剣を学び、魔法も高威力のものが使えるほどであった。

ただ一つだけ……兄より遅く生まれた、それだけでイルトは兄の下に見られ続ける。

自分にもっと力が、圧倒的な力があればもっと国を良い方向へと導いていけるはずだ。それは兄ではできない。自分にしかできないことだ！

そんな時、イルトの前に怪しげなローブを被った男が現れる。

そして、その男はなぜかイルトに魔の力を体に宿す方法を教えてくれた。と言っても方法は簡単であった。

聖なる力を持つ薬にとある闇の魔力を込めて、それを飲み干すだけ……。

闇魔力の込め方はローブの男が教えてくれた。あとは聖なる力を持つ薬だけであった。

その薬はより強力なものほど力を得られるらしい。

そこでイルトは兄と妹の三人での巡行を王に掛け合ってみた。

最初は渋られたものの兄や自分の剣技には騎士長クラスでないと歯が立たないことを理由に王を口説き落とした。

ただ、王の方も何かあってはと裏で貴族やギルドの方に根回しは行っていたようだが。

こうして、ようやくたどり着いた噂のポーション。これが極上の力になるはずと魔力を込め飲み干してみる。すると体の底から際限なく力が湧き上がってくるようになる。

この力があれば、今度こそあの兄に勝てる……。と思っていたのだが、まさかの弱点が判明してしまう。もしかして、ポーション全般に弱くなっているのだろうか？

イルトは一度試しておいた方が良さそうだと判断し、道具屋の方へと足を運ぶ。

「いらっしゃいませ。はっ、い、イルト様、本日はどのような御用件でございましょうか？」

道具屋の店主が手を揉みながら近づいてくる。普通の人なら不愉快に感じるかもしれない。が、イルトは王族である自分が店に行くと大抵どこでもそのような態度を取られるのでさほど気にしていなかった。

「店主、ポーションと……あと中級や上級のポーションは売ってるか？」

「あいにく上級ポーションは切らしておりますが、普通のポーションと中級ポーションは多数ご用意しております」

「では一本ずついただこう」

「はっ、すぐにご用意いたします」

自分でも慣れないこの言葉遣いにイルトは少し苦笑いする。

見た目ではあまり威厳がない自分は一人でいるときはなるべくこの言葉遣いをするように心がけていた。ただし、兄といるときはからかわれるのでほとんど使用しないが。

ポーションと中級ポーションを手に宿屋へと戻る。

そして、まずは普通のポーションをゆっくりと手にかけていく。

あのシィルが持っていたポーションみたいに痛みがくるのではとギュッと目を閉じてゆっくりとかけていく。しかし、いつまで経っても痛みは襲ってこず、手には流れる水の感触しかなかった。

目を開けてみるがそこは黒ずんだり、煙が出てきたりする様子は見られない。

普通のポーションだと弱すぎて何も起こらないだろうか?

そう思い、中級ポーションでも試してみる。しかし、結果は普通のポーションと同じであった。

つまり、魔の力を持った自分を傷つけることができるのは難病すら治すというシィルのポーションだけということだ。つまり奴さえどうにかすれば……。

誰もいない部屋の中、イルトは高笑いを続けるのだった。

第14話　暴走

翌日からはマリナには悪いが販売の方についてもらうのは遠慮してもらった。

さすがに全くと言っていいほどポーションが売れないのは困る。

マリナは少し不満げではあったもののなんとか承諾してくれた。

そして、普段通りエリーと二人、ポーションの販売に出かける。

すると昨日全く売れなかったのが嘘みたいにたくさん買っていってくれる。

「おう、これだこれ。待ってたんだ！」

喜びの声があがるとなんか嬉しくなる。

わざわざ僕のところから買わなくても道具屋で買えるのに、こうして買いに来てくれる常連さんたち……。

目的がエリーの人もいるけど……。

それでも自分の薬を買ってもらえることは嬉しい。

昼くらいまで道沿いでポーションを売り、その後にギルド前へとやってくる。

するとリエットが手を振ってくる。

「シィルくん、今日もポーションもらえるかな？」

そう言いながら後ろの方へと視線を送っている。

もしかして誰かいるのだろうか？

不思議に思った僕は一度振り向く。しかし、後ろには誰もいなかった。

「うん、今日は王女様はいないみたいだね」

リエットはどこか嬉しそうに数回頷く。

「さすがに僕もポーションが売れないと困るからね」

といっても最近はエリーが一緒に販売してくれるからかなり多めに売れているし、懐具合にも余裕がある。

ただ、協力してくれてるお礼にといくらか払おうとしても「シィル様にはたくさんのものをもらいましたからお金なんて受け取れません」と言って断られてしまう。

自分がエリーにしたことなんてポーションを渡したくらいなんだけどな。

それくらいで過剰に感謝されても困るから今度何かプレゼントしよう。うん、それがいいね。

ただ、エリーに言うと断られてしまうだろうし、これは自分の心のうちに秘めておこう。

「それなら今日ももらえるかな？」

「はい、どうぞ」

リエットからお金を受け取り、ポーションを渡す。

するとマナが冒険者ギルドの扉から顔を出し、僕の姿を確認するとそのまま走って抱きついてくる。

あまりに勢いよく飛びついてくるものだから、そのまま倒れそうになるが何とか耐えきった。

「お兄ちゃん、あのねあのね。マナね、魔法が使えるようになったんだよ」

上目遣いで嬉しそうに話してくる。

魔法か……。

自分は魔力を込めることはできても魔法として使うことはできないからなぁ。

「すごいね。自分で勉強したの?」

褒めるついでに頭を撫でるとマナは嬉しそうに目を細める。

「実はギルドに来た人たちに教わってたんだよね」

リエットがさりげなく教えてくれる。

するとマナが膨れっ面になり、リエットを叩き始める。

「もう、リエットさん。教えないでよ……」

「あはは……、ごめんごめん」

そんな二人の様子を見ているとどこか心が安らいでくる。

「それで今日はどうする？　ご飯食べていくの？」

期待のこもった視線を向けてくる。

「そうだね、せっかくだから食べていこうかな……」

するとマナが嬉しそうに僕の手を引っ張っていく。

その時、貴族街の方から大きな爆発音が聞こえてくる。

「えっ、なに!?」

「爆発？　どうして？」

リエットとエリーが困惑（こんわく）の声をあげる。

そして、ギルド内からギルド長のライヘンを始め、たくさんの冒険者たちが飛び出して来た。

「なにがあったんだ!?」

ライヘンが僕たちに聞いてくる。

「わかりません。ただ、あちらの方角から爆発音がしました……」

貴族街の方を指差す。そこではなにかが壊れたのか、もくもくと白い煙が上がっている。

「わかった。私たちは現場に向かうぞ！　シィル君たちは悪いけどこのことをユーグリッド様に伝えてくれるか？」

「は、はい……」

「リエット、シィル君のことは任せたよ！」

ライヘンがリエットに鋭い視線を送っている。

すると彼女は真剣な表情で一度だけ頷く。

それを見て満足したライヘンは真っ直ぐに貴族街の方へと駆け出していった。

「それじゃあ私たちも行きましょう」

リエットが僕の手を引き、同じように貴族街の方へと向かう。

ただ、僕たちの他にエリーやマナもついて来ていた。

「二人は危ないよ！」

リエットが注意するけど、言うことを聞かない二人。

「貴族街には私の家があるんですよ。それに話しに行く相手が父なら私がいた方がいいはずです！」

「ま、マナは……お兄ちゃんを守るの！」

マナの方は理由になっていない気がするがここで説得する時間ももったいない。仕方なくマナも連れていくことにする。

先ほどの爆発音で騒然となっている街道を僕たち四人が駆けていく。しかし、逃げ惑う人たちが立ちふさがり、なかなか先に進めない。すると街道沿いにあるお店から小さな少年が飛び出してくる。

「兄ちゃん、どうしたんだ？」

エプロン姿で手に野菜を持ちながら僕たちに話しかけて来たのはライだった。

「うん、急いでユーグリッド様の館に行かないとダメなんだけど、人が多くて……」

すでにまともに走ることもできない。

あれっ、そういえばどうやってライは自分たちに追いついたのだろう？

不思議に思い、首を傾げるがその疑問はすぐに解決される。

「わかったよ、それならこっちだ。ついて来て！」

ライは街道から逸れる道を走っていく。

「そっちは遠回り……」

言われたように追いかけながらも明らかに遠回りをしているライに言う。

「いや、これだけ人がいるんだ。まともな道だと慣れてない兄ちゃんたちは時間がかかる。俺一人ならなんとかなるんだけどな」

そのまま路地裏の少し薄暗い通りを駆けていく。元々人通りの少ない道……確かにここを通るのならあまり人出を気にしなくて良さそうだ。

でも、普段から利用している人が少ないのはあまり治安の良い場所じゃないからだし、大丈夫なのかな？

少し不安に思いながら僕たちはライの後を追いかけていった。

しかし、意外なことに裏道では特に困ったことは起きず、結果的にユーグリッド様の館に早く着くことができた。

「ありがとう、ライ。助かったよ」

「これくらい、兄ちゃんにしてもらったことに比べたら安いもんだよ。また何かあったら言ってくれよ！」

それだけ言うとライはそそくさと去って行った。

もしかするとこういった貴族街は居心地が悪いのかもしれない。

ライを見送った僕たちは早速館の中へと入る。

すると、そこにはすでに剣を携え、鎧に身を包んだ兵士たちやミグドランドの姿があった。

そして、その後ろには第一王子のアルタイルと王女のマリナの姿もあった。

きっといち早く安全を確保したのだろう。

ただそうなるとあと一人……第二王子イルトの姿がないことが気になる。

そう思いながらミグドランドへと近づいていく。

「シィル殿、こんな時にどうしたんだい？　用がないならあとで……」

「いえ、ギルド長から町で爆発があったことを伝えてほしいと……」

「うん、わかってる。そして、それを起こしたのが第二王子イルト様ということも……」

えっ⁉

僕はかなり驚き、口をぽかんと開けてしまう。

「ど、どうして？」

「それはわからない。ただ見たものによると人の形相をしていなかったらしい。もしかしたら魔のものに魅入られたのかも」

魔のものに魅入られたら姿形が変貌し、その姿は魔物に近づくらしい。そして、そうなると元に戻すことはほぼ不可能になる。まだ完全に変貌していないなら可能性は残されているが……。

そこで僕はふと前にイルトと会ったことを思い出す。

確かにあの時ポーションが肌にかかると煙を上げたりしておかしな状態だった。もしかしたらあの時から変化は始まっていたのかも……。

もしあの後すぐに誰かに話していたら治っていたかもと考えると悔やんでも悔やみきれない。

「姿形が変わるくらいまでいってしまってはおそらくもう手遅れであろう。そのため、今こうして討伐隊を組んでいるところだ。いや、実際に会ってみて治る可能性があるなら……一応シイル殿も私たちの後について来てくれるか？　ここや町中では危険があるかもしれない。王子様や王女様も一緒に来てもらうんだが……」

それが一番安全ならそうしたほうがいいよね？

少し考え、頷く。するとその回答に満足したミグドランドが小さく微笑む。

「よし、それなら早速出かけるよ」

ミグドランドが兵士たちと一緒に先を行く。ただ、アルタイルだけは少し不満そうだった。

「どうして俺が後ろで控えているだけなんだ！」

確かに見るからに喧嘩っ早そうだもんね。

自分に被害が及ばないようにアルタイルとは少し距離を取る。すると今度はマリナが話しかけてくる。

「シィルさん、何かあったら私の後ろに隠れてくださいね。こう見えても私、強いですから」

マリナがその細い腕で殴るポーズをする。

うん、あまり強そうには見えない……。いざというときは自分が動かないといけないかも……。

少し顔が強張る。すると隣でリエットが脇腹を突いてくる。

「緊張しすぎだよ。何かあっても私たちがいるから大丈夫だよ」

リエットがエリーに視線を送る。すると彼女も小さく微笑んでくれた。

「うん、わかったよ。それじゃあ行こう」

僕たちもミグドランドに遅れないように少し早足気味に歩いていった。

爆発が起きた場所では悲惨な光景が広がっていた。周囲にある建物は半分ほどしか原形を止めておらず、所々でボヤが発生している。そして、何より目を見張らせるのはその中心で暴れているイルトの姿だった。

およそ人とは思えない。背中に翼が生え、体は石のように硬く、皮膚は少し緑がかっていた。そして、服などは膨張した筋肉によって一部破れている。そのイルトの顔はどこか恍惚の表情で口からは涎も垂らしている。

「ふはははっ、これだ、これだ、これこそが俺の求めた力だ！」

イルトは魔法で……またその拳で周りにあるものを全て壊していく。

「くっ、歯が立たない……。やつは化け物か……」

先に来ていた冒険者の面々がイルトと対峙していたが、その体にかすり傷一つ負わせることができないようだった。

「退け！　俺がやる！」

ライヘンが前に出る。ギルド長というだけあってそれなりの力は持っているのだろう。しかし、イルトの前ではそれも赤子同然の力であった。

剣を振りかぶって近づいてくるライヘンに対してイルトは欠伸をしながら軽く魔法を放つ。小石程度の小さな球体。この程度なら触れても平気……と思ったライヘン。しかし、その考えは間違いだった。

その球体にはかなりの魔力が込められており、それに触れた瞬間にライヘンの顔が驚愕の表情に変わる。そして、そのまま後方に飛ばされていった。

「ギルド長!?」

僕は驚き、彼に駆け寄ろうとする。するとイルトが嬉しそうに声をあげる。

「よう、ようやく来たなポーション売り……。待っていたぞ！」

なぜ自分がそのようなことを言われるのかわからず不思議な思いでイルトを見る。すると彼はそのまま言葉を続ける。

「お前に受けたこの傷の痛みは忘れたことはないぞ！　お前さえ倒せば俺に敵はいなくなる──」

そう言いながら見せてきたのは、以前ポーションがかかってしまった腕だった。その部分だけ魔物らしい緑色ではなく、普通の肌色をしていた。それを見せながら、怒りを露にしている。

それに恐怖を感じた僕は一歩後ずさる。すると僕をかばうようにエリーとリエットが前に出る。

「シィルさんはやらせませんよ！」

短剣を構えるリエットと手を突き出していつでも魔法を唱えられるようにするエリー。しかし、そんな二人をまるでいないものとして扱っているようでイルトはまっすぐ僕の方へと向かってくる。

周りにいる冒険者や兵士の人を軽く弾き飛ばしながら――。

そんな状況に怯えた兵士や冒険者たちに脱走者が出始めている。

もちろん僕も逃げ出したい。しかし、状況がそれを許してくれない。どういうわけか僕を目の敵にするイルト。その原因がポーション……。

「も、もしかして……⁉　みなさん、イルトさんの弱点はポーションですよ」

僕の声にハッとなる冒険者たち。各々カバンの中からポーションを取り出し、一斉にイルトに向かって投げつける。

「ふん、そんなものが通じる……ぐぁぁぁぁぁぁ」

余裕を見せていたイルトだが、冒険者たちがかけてきたポーションを受けた瞬間に悲鳴をあげる。

そして、体中から白い煙を出し始め、苦しみ出す。

「な、何が起こったんだ……あいつのポーション以外は――」

そこで冒険者たちが持っている瓶を見てハッとなる。

「ま、まさかお前たちが持っているのは⁉」

「んっ、普通のポーションだが？　いつも彼から購入している。これを使うと調子がいいんだよな」

「お前もか、俺もそうなんだ。ただすぐに売り切れちまうんだよな」

すでに戦うだけの余裕のないイルトを見て冒険者たちが騒ぎ出す。

最近やたらとポーションが売れていたのはこういう事情があったのか。

調子がよくなる成分なんて入っていないんだけどね……。でも、リエットもそんなことを言っていたし意外と隠された効果とか、そういったものがあるのかもしれない。

それでよくなった人が噂でも流したのだろう。

苦笑いしながら、少しホッとしてその話を聞いていた。

そして煙が晴れたイルトは元の人間の姿に戻り、力を失っていた。

するとすぐにミグドランドさんの兵士に拘束された。

「俺の……俺の計画が……ポーション売りめ……覚えていろよ……」

兵士に捕まったイルトは恨み言を吐きながら連行されていった。

えっと今回の件で自分が絡む要素ってあったの？　だってポーションが弱点だったってだけだよね？

そんな、ぽかんとした様子の僕を見てリエットはやれやれといった感じで首を横に振っていた。

イルトが捕まったあと、アルタイルとマリナは王都に帰ることになった。

マリナはすごくさみしそうにしていたが、王族の一人が事件を起こしたとあっては帰らざるを得なかった。そして、その付き添いとしてミグドランドの兵士とギルドの冒険者が数人ついていくことになった。

「シィルさん、今度は是非王都へ遊びに来てくださいねー」

大きく手を振りながらマリナの乗った馬車が動き出す。アルタイルの方はなぜか馬車に乗らずに近くの小屋の陰でエリーと何か話しているようだった。

そして、話が終わるとアルタイルは僕のことをキッと睨みつけて「エリーさんのことを幸せにするんだぞ！　もし何かあったら許さないからな！」とわけのわからないことを言って別の馬車に乗り込んでいた。

困惑する僕。するとエリーは呆れながら話しかけてくる。

「もう……、困った人ですね」

優しく微笑んでくるエリー。しかし、その回答がさらに僕を迷わせるのだった。

アルタイルたちが帰ると僕はユーグリッド邸に呼び出された。

「よく来てくれた。今回の件ではすごく感謝してるよ！」

両手を広げてミグドランドに出迎えられた。

今回って自分は何もしていないのに……。

わけがわからず困惑してしまう。でもそんなことはお構いなしにミグドランドはテーブルに誘導してくる。

「これはささやかなお礼だよ。思う存分食べてくれ！　あと、何か欲しいものがあれば何でも言ってくれ。できる限り手配しよう」

ミグドランドが笑顔で言ってくる。しかし、なにもしていない自分がもらってもいいのかな？

少し悩んだ末、僕は一応欲しいものを言うだけ言ってみることにした。するとさすがにそれは予測していなかったのか、ミグドランドを驚かせる結果となった。

「ほ、本当にそんなものでいいのかい？　今回の件、前のエリーの件、他にも返さないといけない恩はたくさんあるんだ。それなのに本当にそんなもので？」

「はい、頂けるのならそれがいいです。でもできなくても全然いいですよ、さすがに高価なものですから……」

少し悩むミグドランド。

さすがにこれは難しいかなと思っていた。

見習い錬金術師の自分だと手に入るまで時間がかかるものだし……。

しかし、ミグドランドはすぐに笑顔に変わって言ってくる。

「他ならぬ君の頼みだ！　わかった。なんとかしよう」

何を考えているのか、ミグドランドがほくそ笑む。それを見た僕はなんだか嫌な予感に見舞われた。


それから数カ月の間、特に変わった出来事もなく毎日ポーションを売って過ごしていた。

すると突然、前に頼んでいたものができたという報告を受ける。

半信半疑で言ったことなので、僕自身も本当にもらえるなんて思ってもいなかった。

エリーに連れられてやってきたのは大通りに面したところにある建物だった。

お店の看板には『シィルのポーション屋』と書かれている。

いつもポーションを売って歩いていた僕専用のお店……それがミグドランドに頼んだものだった。

しかも、ここまで立派なものは想像もしていなかった僕はぽかんと口を開け、目の前の建物を眺めていた。

「えっ!? こ、これって?」

「はいっ、そうですよ。ここがシィル様のお店ですよ」

まるでいたずらが成功したようにニヤつくエリー。

しかし、僕は目の前の建物以外に意識が向かなかった。

ただただ口をパクパクさせていると中からミグドランドが出てくる。

「おっ、やっと来たね。どうだい？　立派なものができただろう？」

「立派って、立派すぎますよ……。ここまでしてもらって……僕は何も返せませんよ？」

「いやいや、このお店は私だけの力で建てたものじゃないんだよ……」

そう言って中に案内するミグドランド。

そこにはリエットやライヘン、冒険者の面々やいつもポーションを買ってくれる常連の人、他にもマナやライ、マヤなんかもいた。

「えっと……、これは？」

「うん、これはみんなでお金を出し合って建てたんだよ。なかなかシィルくんは自分の願いを言ってくれなかったからね。みんなお礼がしたいのに……。で今回が初めてのことだったからついついみんな力が入ってね。気がつくとこんなに感じになっちゃったよ」

リエットが事情を説明してくれる。

中には今からでも販売を始められそうなほど、道具が揃っていた。

たくさんの空き瓶、素材となる薬草、井戸も店の裏にあるのでポーションを作るのにしばらくはここを出る必要すらなさそうだ。

ここまでしてもらうと逆に恐縮してしまう。

「ほ、本当にもらってもいいの？」

だって自分はポーションを売っていただけなんだよ？　あげてたわけではない。販売してお金をもらっていたのだ。それなのにここまでしてもらうと嬉しさと同時に申し訳なさすら込み上げてくる。

しかし、リエットがそんな僕を諭すように言ってくる。

「貰ってくれないと困るよ。みんなシィルくんのためにお金を出し合ったんだもん」

リエットの言葉に皆、笑みを浮かべながら頷いている。

そんな彼らを見て僕は「ありがとうございます」と大きく頭を下げるのだった。

エピローグ

お店をもらってから僕は少しワクワクしながらポーションを並べていた。

目立つ場所にポーションを置き、少し離れたところに……あれっ？

そういえば僕がお店に置けるのってポーションだけだ……。

本当にこれを置いただけで店にお客さんが来てくれるんだろうか？

少し不安に思っていると慰めるようにキュピが近づいてくる。

「キュピ？」

「うん、大丈夫。ポーションしかないならそれを売れるようにするだけだよね」

僕はぐっと気合いを入れると再び店内の装飾を考えていった。

「あっ、スラ。勝手に外に出たら駄目だよ！」

扉の隙間から外に出ようとするスラを注意する。

「す、すらぁ……」

スラは反省したようで部屋の隅でうなだれた。

それを見たあと、僕はやっぱりこのお店が少し物足りないような気がしていた。

「何か雑貨とか置いた方がいいのかな？　でも僕が持っているもので置けそうなものって……」

取りあえずあるものは薬草と空き瓶。

並べて置いてみよう。売れるかどうかはわからないけど……。

これであとはお店を開くだけ……。

今まではポーションを売り歩いていたのだが、お店を構えて本当に買いに来てくれる人がいるのか……。

緊張のあまりじっとしていられなかった。その場をうろうろしたり、スラが掃除してくれているにもかかわらずその辺を掃除してみたり……。

とにかく何かせずにいられなかったので目的もなく店内を動き回っていた。

そして、ついにお店を開ける時間が来る。

両目をギュッと閉じて初めての開店を迎える僕。

お店の扉を開けるとそこにはたくさんの人であふれていた。

リエットやエリー、アインたち、ミグドランドやライ、マナもこの場にいたが、その他にもたくさんの冒険者や商人といった人たちがポーションを買いに来てくれた。

それを見て僕は思わず目を潤ませる。

こんなに人が来てくれたんだと感動のあまり泣いてしまったが、その涙を拭（ぬぐ）うと笑顔を見せながら言う。

「ようこそ、シィルのポーション屋へ！」

あとがき

ご購入いただきありがとうございます。

作者の空野進（そらのすすむ）です。

作者名でわからない方はスライム先生といった方が伝わるかもしれませんね。

今までいくつかの作品を出させていただいておりますが、こうしてあとがきを書くのは初めてで何を書くか少し迷ってしまいましたので、常々（つねづね）感じている感謝の言葉を残しておこうと思います。


まず、この小説『ポーション売りの少年　～彼のポーションは実はなんでも治す伝説のエリクサーでした～』は「小説家になろう」さんというウェブに投稿させてもらっていたものを全面的に見直して修正させてもらったものになります。

と、いうのもこちらの作品を投稿させてもらっていたのは二〇一七年で二年以上も前になります。

やはり、流行り廃りの早いラノベ業界。目をつけてもらったからには少しでも今の流れに合うようにと担当編集様と相談して修正させていただきました。また、数年前のものを今見返すと粗の方が目立ってしまい、そこも全面的に修正させていただきました。

色々と相談に乗っていただいた担当編集様には感謝の言葉しかありません。

そして、できあがった原稿にイラストを描いていただいた竹花ノート先生。

私の想像以上に可愛らしいシィルくんを描いていただき、とてもありがたいです。

私から担当編集さんに話させていただいたことはシィルくん単独の表紙でいきたいということでした。ただ、いくら可愛らしい外見の少年でも男主人公ソロの表紙は勝負の部分も多く、出来上がったキャラデザ次第という形になったのですが、そのキャラデザを見たあと私と担当編集様の意見が合い、今のシィルくん単独表紙と相成ったわけです。

出来上がった表紙を見たときに私から何も言うことがないレベルで完成度の高いものを仕上げていただきました。

また、他にもたくさんの可愛らしいキャラを……、それもかなりの数描いていただきました。とても大変だったと思いますが、ここまで素晴らしい本に仕上がったのも竹花ノート先生のおかげです。本当にありがとうございます。

また、他にも販売店の皆様、印刷会社の皆様、集英社様、……等のたくさんの方々の協力があり、無事に出版することができました。

一人でも欠けてしまうと本は出来上がりませんのでいつも本当に感謝しております。

こうしてお礼を伝える機会があまりないためにあとがきにて書かせていただきました。

そして、購入していただいた皆様、本当にありがとうございます。楽しんで読んでいただけたらありがたいなと思っております。

特に今作ではウェブ版とは大きく改稿している部分が多数あります。

序盤にシィルくんがエリクサーを生み出す能力を得たところ。

教会での話とアメリー。

最後にシィル自身が店を持つところ。

このあたりはウェブ版の序盤にはない話で、他にも数え切れないほどの部分で細かい修正を行っております。

それを探していただくのも面白い読み方かなと思います。

最後になりますが、改めてありがとうございます。

お礼だけであとがきを使い切ってしまうとは思っていなかったですが、それだけたくさんの方々には感謝の気持ちを抱いております。

また、私の作品を見かけたときには手に取っていただけるとありがたいです。

空野　進

ダッシュエックス文庫

ポーション売りの少年
～彼のポーションは実はなんでも治す伝説のエリクサーでした～

空野 進

2019年10月30日 第1刷発行

★定価はカバーに表示してあります

発行者 北畠輝幸
発行所 株式会社 集英社
〒101-8050 東京都千代田区一ツ橋2-5-10
03(3230)6229(編集)
03(3230)6393(販売/書店専用) 03(3230)6080(読者係)
印刷所 図書印刷株式会社

ISBN978-4-08-631339-1 C0193

コミカライズ版

劣等眼の

漫画 峠比呂　原作 柑橘ゆすら　コンテ 猫箱ようたろ